Biblioteca Umoristica Mondadori

Alessandro Siani

NON SI DIREBBE CHE SEI NAPOLETANO

Istruzioni per l'uso
per chi parte dal Sud e arriva al Nord

MONDADORI

Non si direbbe che sei napoletano
di Alessandro Siani
Collezione Biblioteca Umoristica Mondadori

ISBN 978-88-04-58835-1

I edizione ottobre 2011
Anno 2011 - Ristampa 2 3 4 5 6 7

Indice

Questo libro non sarebbe stato possibile senza il mio mitico co-autore Francesco Albanese.

Un ringraziamento speciale a Pino Imperatore, ad Angelo Venezia e alla Tunnel Produzioni.

Prefazione
di Claudio Bisio

L'ho conosciuto a New York, durante le riprese di un film. Faceva un napoletano, nel film. E anche nella vita. Curioso.

Quando lui è nato io avevo diciott'anni. Potrebbe essere mio figlio. Ma non lo è, per fortuna. Nel senso che è meglio averlo a fianco, come collega, compagno di lavoro. Lavorando insieme la differenza di età si sente meno, mi sento più suo fratello (maggiore, d'accordo). È bello lavorare con lui perché è bello confrontarsi con il talento. E Alessandro di talento ne ha. E ha pure un cuore, che non guasta mai.

Io sono di Milano, lui di Napoli. Io tengo al Milan, lui al Napoli (ma va'?).

Scrivo queste righe alla vigilia di un Napoli-Milan, quindi voi che leggete sapete già com'è andata a finire, ma io no. Questo mi rende più debole. Meglio non fare troppe battute, potrei fare brutte figure, e poi con il calcio non si scherza. Soprattutto con un Napoletano, che ha amato Maradona e che ha vissuto i due scudetti da ragazzino imprecando contro i proverbi tipo "non c'è due senza tre", che non sempre si avverano.

Non subito magari, vorrei precisare io per farmi ben volere dai napoletani.

Ma non ce n'è bisogno. A Napoli mi sono sempre sentito come a casa, forse perché sono particolarmente *caciarone* (questo termine, caro Alessandro, non c'è nel tuo dizionario milanese/napoletano!), mi piace il *burdèll* (questo c'è, quindi dovrei dire mi piace *'na tarantella*!). E forse io e Siani ci siamo trovati e mescolati bene perché se a lui qualche milanese sussurrava "Non si direbbe che sei napoletano", non sapete quante volte a me dei napoletani hanno urlato: "Non si direbbe che sei milanese!".

Non si direbbe che sei napoletano

A Mattia e Sofia

Non ci crederete, ma anche a Napoli piove

Sono a Napoli.

Piove.

Non ci crederete, ma piove.

Il fatto strano è che ogni volta che lavo la macchina, piove. Se lavo solo gli interni, anche se il cielo è nuvoloso, non cade una goccia d'acqua. Appena lavo la carrozzeria, piove. E che miseria...

Certo, se mi sentisse qualcuno del Nord, mi prenderebbe per pazzo. Con quello che vivono loro con le alluvioni, mi vado a lamentare io per una sciacquata alla macchina?

Lì viene giù tanta di quell'acqua che a volte ce la ritroviamo fin qui al Sud.

Pensate: una volta, appena uscito di casa, trovai parcheggiata in seconda fila una gondola. Con a bordo un gruppo di turisti.

Mi avvicinai: «E che ci fate qua?».

«E che ne sappiamo? Noi fino a mezz'ora fa eravamo a Venezia! E ora non sappiamo dove andare...»

«Se permettete, provvedo io: vi faccio mangiare anche nu bello spaghetto!... Mamma, prepara uno spaghetto a 'sta bella comitiva di Venezia!»

E mia mamma, affacciata al balcone: «Ah, sono di Venezia? E allora preparo nu bello spaghetto a gondole!».

Mia mamma, nella sua ingenuità, fa ironia. Ma il problema è grosso. E lo Stato dovrebbe fare di più. Per tutta l'Italia. A Napoli quando piove si aprono più strade che ombrelli.

Alla fine i turisti se ne andarono. Mi dispiacque.

Che ci posso fare: a me la parola "turisti" mi emoziona. E mi domando: ma come, i turisti continuano a venire a Napoli nonostante ciò che si dice sui rifiuti? E già, che situazione: loro in emergenza alluvioni e noi in emergenza ecologica. Il Nord e il Sud uniti non da una divergenza, ma da un'emergenza.

D'altra parte, non è che all'estero le cose vadano meglio, come vorrebbero farci credere.

Prendiamo il mare, ad esempio, che a Napoli, come in tutte le città costiere del mondo, è un elemento fondamentale per lo sviluppo turistico. E prendiamo come esempio i tanti disastri marini causati dalle petroliere. Disastri che ricadono su tutti gli abitanti della Terra.

Infatti, sono andato in pescheria e ho visto esposti tre tipi di cozze.

«Che bello!» ho detto. «Ci sono tre tipi di cozze? Da coltivazione, da scoglio e selvatiche?»

«No» mi ha risposto il pescivendolo. «Piombo, senza piombo e diesel!»

La sera, ovviamente, me so' mangiato 'na scatoletta 'e tonno...

Allora il problema non è quello di analizzare le differenze e i luoghi comuni tra Napoli e il Nord, tra Napoli e il resto del mondo. No, questo è un fatto decisamente secondario.

Il problema vero è che Napoli, l'Italia e il mondo sono accomunati dalle stesse preoccupazioni: criminalità, disoccupazione, crisi economica, malcostume, inquinamento...

A questo punto io davvero non mi chiedo più se sono del Nord o del Sud.

Io mi chiedo: io che c'entro?

SUD CHIAMA NORD

«Hai visitato Milano? Comm'è?»

«Nonna, è bellissima, devi venire, devi venire! Ci sta 'o Duomo con il Museo Civico, 'o Castello Sforzesco... E poi ci sta 'o grattacielo Pirellone con la Scala...»

«'O grattacielo con la scala? Guaglio', e tu me vuo' fa' muri'? Si nun mettono l'ascensore, e chi 'o saglie 'stu pirellone?»

Un altro che fa una bella pizza sai chi è?

Non voglio fare polemiche con gli amici del Nord, ci mancherebbe, ma va detto che la vera pizza è solo e unicamente napoletana.

La più famosa, la pizza "margherita", fu inventata proprio a Napoli nell'estate del 1889 dal cuoco Raffaele Esposito della pizzeria Brandi, il quale la preparò in onore della regina Margherita di Savoia, moglie di Umberto I, che era in visita a Napoli.

Da quel momento iniziò a diffondersi in tutta Napoli, nel Sud, nel resto della penisola e nel mondo intero.

La pizza è un pasto completo. Costa poco, è nutriente, genuina. È un ricordo d'amore.

Tutti noi almeno una volta nella vita abbiamo detto: «Teso', andiamoci a mangiare 'na bella pizza».

Non ho mai sentito dire: «Andiamoci a mangiare 'na bella polenta».

La pizza gira per il mondo con i colori della bandiera italiana: rosso per il pomodoro, verde per il basilico e bianco per la mozzarella.

Se chiediamo a un dietologo quante volte la possiamo mangiare, lui ci dice: «Una volta a settimana». Poi aggiunge fiero: «Sì, ma io vaco tutte 'e sere, che me ne fotte!».

Quando il napoletano va al Nord, come prima cosa non chiede notizie sul clima, sull'ospitalità, sui posti da visitare. No.

La prima cosa che chiede è: «Chi è ccà ca fa 'na bella pizza?».

Allora ognuno del posto dà le indicazioni: «Eh, c'è una pizzeria qui che ha aperto da poco, c'ha il forno elettrico...».

«'A pizza c' 'o furno elettrico? È un'eresia!»

«C'è anche un altro che fa le pizze con una mozzarella che arriva da Battipaglia... Sta a mezz'ora da qui e ci arrivi con l'auto: fa la pizza a tranci.»

«A tranci? E che è? Io la voglio tonda!»

Finalmente trovi un compaesano che dice: «Io sto qua da dieci anni».

«Ah, allora sai sicuramente qualche posto dove si mangia una buona pizza!»

«Certamente. È a qualche chilometro da qui. Ci puoi arrivare in treno.»

«E a quale fermata devo scendere?»

«Quando vedi la scritta NAPOLI, si' arrivato.»

A Napoli quasi tutte le pizzerie fanno un'ottima pizza. Per cui il napoletano s'è abituato alla qualità, e non ammette errori.

Se vuoi mangiare una pizza velocemente, in piedi, vai in una di quelle piccole pizzerie del centro storico, molto frequentate dagli studenti, dai turisti e dagli impiegati, e chiedi una pizza "a portafoglio". Si chiama così non perché con una mano te la mangi e con l'altra ti mantieni 'o portafogli per paura che se lo rubino, ma perché si piega in quattro parti.

Se invece decidi di andarti a mangiare una pizza con gli amici, la scelta diventa sacra. E si apre un acceso dibattito.

La frase con cui inizia ogni intervento è questa: «E un altro che fa una bella pizza sai chi è?».

Allora tu fai: «Andiamoci a mangiare 'na bella pizza da Michele a via Martucci».

E subito un amico dice: «Sì, Michele fa una bella pizza. Ma sai chi pure la fa buona? Peppe a Sorrento».

«Nooo, chillo 'a fa troppo piccerella...»

«Veramente?»

«Pensa: quando fa le pizze da asporto, non le mette nelle scatole di cartone, ma nelle custodie dei CD.»

«Allora andiamo da Salvatore ai Quartieri.»

«Nooo, quello fa una pizza troppo grande!»

«Grande quanto? Io tengo problemi di digestione...»

«Fa 'na pizza talmente grossa ca quando ci sono andato io, sotto 'o tavulo ce stavano due pompieri, pe' paura ca cadeva 'o curnicione.»

«Allora no: mi rimane sullo stomaco.»

«Facciamo 'na cosa: andiamo da Rosario.»

«Nooo, non la sa fare!»

«Ma come, quello fuori c'ha pure l'insegna: PIZZERIA DA ROSARIO, DAL 1897.»

«Eh, sotto però ci hanno aggiunto: *... CA NUN 'NGARRA 'NA PIZZA*.»

«Allora jamme da Gennaro all'angolo.»

«Nooo, a me 'a pasta me piace croccante.»

«Allora pigliate 'o Plasmon cu 'o ragù!»

«Gennaro la fa troppo alta. L'ultima volta che il cameriere me l'ha servita, era talmente alta che mi lamentai: "Ma la mozzarella non l'avete messa?". E il cameriere replicò: "Guarda, s'è azzeccata sotto 'o suffitto".»

Merita un discorso a parte la pizza "a metro".

Vai con una comitiva di amici in una pizzeria "a metro", si avvicina il cameriere e bisogna ordinare. Ma mentre la margherita ha una misura più o meno standard, sulla pizza a metro bisogna calcolare la misura, sommando i pezzi che ciascuno ordina.

Il cameriere: «Di quanto la facciamo?».

«Siamo in otto. Se prendiamo un metro, quanti pezzi escono?»

«Considerando la misura, escono due pezzi per uno.»

A questo punto scatta 'o panico.

«Due pezzi per uno? E che ce ne facimme? Io minimo me ne magno quattro!»

Uno degli amici cerca di facilitare il calcolo, ma complica ancora di più la situazione: «Io ho già mangiato a casa, e ne voglio solo un pezzo. Quindi un altro pezzo lo cedo».

«E si po' mentre magni te viene voglia 'e te mangia' un altro pezzo? Comme facimmo?»

Un altro della compagnia propone: «Facimme 'na media di tre pezzi ciascuno».

Quello che ha più fame, per tutelarsi, dice: «Guagliu', facciamo 'na media di quattro pezzi per uno. Meglio se avanza, invece che finisce e teniamo ancora fame».

Il cameriere viene in soccorso: «Permettete un consiglio spassionato?».

«Eh, camerie', per essere soddisfatti quanta ce ne dobbiamo pigliare?»

«Due chilometri. Cu tutto 'o casello.»

Da noi al Sud la pizza si mangia a tutte le ore.

Al Nord, invece, i locali hanno degli orari precisi, e a una certa ora chiudono.

Capitai con degli amici in una pizzeria a mezzanotte e chiesi al cameriere: «Dove ci dobbiamo mettere?».

Rispunnette 'o cameriere: «Un'altra volta in macchina, e ve ne dovete andare.»

NORD CHIAMA SUD

«Capitano, io sono di Torino, è la prima volta
che prendo un aliscafo...»

«Eh, è capitato un po' male oggi.
Il mare è molto agitato.»

«A che forza siamo?»

«Forza 3...»

«Vedo che però la tempesta aumenta.
A che forza siamo arrivati?»

«Forza 6...»

«Mamma mia, mi sento male...
A che forza siamo?»

«Forz'arrivammo...»

'A tieni 'na farmacia?

Quando si arriva al Nord, dopo aver raccolto informazioni sulle pizzerie, si cerca di capire dove si trova la farmacia più vicina. Sì, perché ti chiama sempre tua mamma o la ragazza e ti dice: «Staje solo tu, si te succede qualcosa? Hê visto addò sta 'o spitale? 'A tieni 'na farmacia?».

Col risultato che poi in farmacia se ne vedono di tutti i colori.

Un tipo andò in farmacia all'ora di pranzo: «Dottore, ho il naso chiuso...».

«Meno male, perché mò ho finito 'e me mangia' 'e fagioli...»

Le lozioni per il cuoio capelluto costano 'na cifra.

Mio fratello stava perdendo i capelli e andò dal farmacista, che gli fece spendere 800 euro di prodotti tra shampoo, pillole e lozioni. E disse: «Non ti preoccupare, tra nu mese te fai 'a fila...».

Infatti, dopo un mese mio fratello se facette 'a fila, perché prima di lui c'erano dieci persone che volevano picchiare il farmacista.

I fogli illustrativi delle medicine? Ti dicono tutte le avvertenze del prodotto. Quelle dell'aspirina sono straordinarie, perché ce sta scritto: "Ti leva la febbre, ti leva il raffreddore, ti leva la tosse, e se tieni debiti con tuo cognato ti leva pure quelli".

Oggi si fa un grande abuso di tranquillanti. Ti pigli 'o tranquillante per andare a dormire, 'o tranquillante pe' fatica', 'o tranquillante per andare dal barbiere...
Vidi mia madre che prima di cena lanciava un tranquillante in una pentola.
«Mammà, perché hai buttato 'o tranquillante nella pentola?»
«E chillo 'o macellaio m'ha dato 'a carne con i nervi...»

Una signora entrò in farmacia e si lamentò: «Mio marito stanotte s'è preso 'na pillola di Viagra e nun m'ha fatto capi' niente: per tutta la notte ha voluto fare l'amore».
«Signora, e lei cosa ha fatto?»
«Stamattina l'ho picchiato con uno scarpone.»
«E perché?»
«Perché dice che stasera nun s' 'a vo' ripiglia'...»

Oggi i medicinali si possono comprare anche nei supermercati, e quando fai la spesa finiscono mischiati nelle buste con altri prodotti.
Mio nonno disse alla nonna: «Mari', mò scendo e vaco a vattere 'o farmacista, pecché 'sti supposte non solo nun m'hanno fatto passa' a febbre, ma so' pure troppo grosse!».
La nonna, calma: «Pasca', rimetti 'e bastoncini Findus 'nto frigorifero...».

Il prezzo delle medicine aumenta tutti i giorni in modo allucinante.

Mio padre in farmacia si vide consegnare uno scontrino di 280 euro e andò su tutte le furie. Il farmacista gli regalò una confezione di Halls Mentoliptus: «Questo si sente nella gola e anche nel naso...».

«E meno male! Fino a mò l'ho sentito solo da un'altra parte!»

Una volta la mia ragazza ebbe un ritardo. Andai in farmacia, comprai il test di gravidanza e chiesi: «Dotto', come me ne accorgo se è incinta? 'O coso cagne culore?».

«'O coso no, ma tu sì.»

SUD CHIAMA NORD

«È salita tua moglie?»

«Sì, è venuta, ma all'inizio non si trovava...»

«Va be', è normale che all'inizio una non riesce a adattarsi subito al nuovo ambiente... E adesso?»

«'A stamme cercanne ancora!»

Forza Napoli!

Il napoletano quando va al Nord si porta dietro anche il tifo per la squadra di calcio della sua città. È un modo per sentirsi legato alle sue origini, alla sua terra. Per questo, quando la squadra va male e viene preso in giro, ci soffre tantissimo. Al contrario, si esalta se la formazione azzurra ottiene risultati brillanti.

Com'è bello quando il lunedì mattina, dopo che il Napoli ha vinto una partita il giorno prima, l'operaio napoletano si presenta in fabbrica tutto orgoglioso, col petto in fuori, e rivolto al capomastro gli dice: «V'avimme schiattata 'a capa!».

«Non ho capito, parla italiano» dice il capomastro.

«Avete preso tre palloni!»

«E quindi?»

«E quindi v'avimme schiattata 'a capa!»

Spesso sulle curve degli stadi si esagera, e il calcio diventa una sorta di rivalsa sociale.

Una volta sentii un tifoso veronese dire: «Voi napoletani siete degli stronzi! Mentre noi ci svegliamo alle sette di mattina, voi restate a letto fino a mezzogiorno. Mentre noi lavoriamo dodici ore, voi non fate niente dalla mattina alla sera. Con i soldi che noi vi mandiamo pensate solo a divertirvi».

Allora verone', famme capi': mentre voi vi svegliate 'e sette 'a matina, noi ci svegliamo a mezzogiorno; mentre voi andate a fatica', noi non facciamo niente; e cu 'e soldi che voi ci mi mandate, noi ce ne andiamo a diverti'. E po' 'e strunze simme nuje?!

Il tifoso napoletano non conosce vie di mezzo: in poco tempo passa dall'esaltazione alla depressione. Vero è che con la depressione noi napoletani ci conviviamo. Quante critiche siamo abituati a fare e a sentire quando la prestazione del Napoli non è stata all'altezza: «'O presidente non vo' fa' acquisti»; «L'allenatore fa giocare sempe 'e stessi»; «La squadra non ha carattere»...

Gli stessi giocatori non vengono risparmiati. Di Gargano ci lamentiamo sempre che non è bravo a fare i passaggi. La leggenda narra che un mio amico, altro grande tifoso del Napoli – e vi dico pure nome e cognome: Francesco Albanese – mi ha raccontato di aver incontrato Gargano in via dei Mille e di avergli chiesto un passaggio fino a Posillipo. Dopo un quarto d'ora, s'è accorto che Gargano aveva sbagliato strada: invece di portarlo a Posillipo, l'aveva portato a Pozzuoli. Al che il buon Francesco, prima di scendere dall'auto, s'è girato verso Gargano e gli ha detto: «Uah, nientedimeno manco c' 'a machina 'ngarri nu passaggio!». (Naturalmente, voglio specificare che questa è una battuta perché Gargano è un grande.)

Il tifoso del Napoli non è un tifoso normale. È "malato" della squadra. E se la squadra non vince, sta male, soffre, gli viene 'a malincunia. Una delle conseguenze di questa patologia è, nella fase di esaltazione – cioè quando il Napoli vince –, l'aumento dell'adrenalina e la diminuzione del fosforo. Sì, proprio del fosforo. Pecché 'o napulitano quando il Napoli vince non si ricorda più niente. Si scorda che tiene i debiti, si scorda i figli a casa, si dimentica che non ha un lavoro... Gli viene una sorta di Alzheimer sportivo.

La dimostrazione si è avuta durante la partita con la Lazio del 3 aprile 2011. Il Napoli dopo il primo gol ci ha fatto dimenticare 'o problema dei rifiuti. Col secondo ci ha fatto scurda' 'o terremoto d' 'o Giappone. Col terzo ci ha fatto scurda' 'a guerra cu 'a Libia. Dopo il quarto gol non stavamo più allo stadio San Paolo. Ci siamo guardati attorno: stavamo a Gardaland.

La squadra di calcio è una delle poche cose che funzionano a Napoli.

I nostri giocatori sono diventati una sorta di parafulmine cittadino. Qualunque cosa accada, si utilizza la squadra come autodifesa.

Uno dice: «A Napoli non c'è lavoro!».

E il vicino risponde: «Eh, ma hai visto Hamšík che gran lavoro che fa a centrocampo?».

«A Napoli ci sono troppi rifiuti!»

E l'altro: «A proposito, hai notato che Cavani di tornare in difesa non si rifiuta mai?».

Noi che abbiamo sofferto per il Napoli in serie C, ora godiamo ancora di più per gli straordinari risultati che la squadra sta ottenendo: il Napoli è in Champions League!

E pensare che quando era in serie C, per stimolare il pubblico ad andare allo stadio abbassarono il costo dei biglietti a un euro. Mio zio per tre euro addirittura si sedette in panchina. Mio nonno spese quattro euro e lo fecero pure giocare per un quarto d'ora.

Oggi, a distanza di anni, posso dire che vedere giocare il Napoli non ha prezzo. E il mio augurio è che la città e la squadra arrivino sempre più in alto.

Forza Napoli e Napoli forza!

NORD CHIAMA SUD

Un turista milanese salì a bordo di un taxi a Napoli e chiese: «Mi porti al Duomo».

Arrivati al casello autostradale di Caserta, domandò: «Ma è così lontano il Duomo di Napoli?».

E il tassista: «Ah, chillo 'e Napule! Scusate, pensavo che volevate turna' a casa...».

Alberghi senza stelle

Non è sempre vero che quando incontri al Nord un tuo compaesano le cose cambiano a tuo favore.

Un mio amico napoletano aprì un albergo a Monza e mi invitò: «Vieni, jà, me fa piacere! 'O proprietario so' io!».

Accettai e partii.

Guagliu', un albergo bruttissimo. Quando entrai dissi al portiere: «Mi avevano detto che era esclusivo, che era di classe...».

«Infatti lo è!»

«Eh, ma io non vedo manco una stella.»

«Perché non è ancora scurata notte.»

«Ah... Chi mi porta la valigia in camera?»

«Seduti al bar ci sono tre studenti. Se glielo chiedete con gentilezza, sicuramente uno di loro ve fa' 'o piacere...»

Poi aggiunse: «Io ho capito di che pasta è fatto lei... La accompagno io».

Salimmo, e arrivati davanti alla porta della camera chiesi: «Si apre con la chiave o con la scheda?».

«Nun ve preoccupate, basta 'na spallata!»

Appena la porta si aprì, dissi: «Complimenti per la scarpiera!».

«No, chesta è a stanza.»

E fece per andarsene.

Lo chiamai in tempo: «Per la prima colazione a che ora devo scendere?».

«Quando volete voi. Il bar di fronte sta aperto tutta 'a giornata.»

«E se voglio la colazione a letto?»

«Scenniteve 'o matarazzo.»

Una stanza, ve lo giuro, piccolissima. Con un letto di ventotto centimetri. Se di notte mi crescevano le unghie dei piedi, si graffiavano 'e vetri d' 'e finestre.

Un frigobar così basso che dentro c'entravano solo i tappi. Le bottiglie erano sul comodino, insieme a 'na bustina 'e zucchero. Solo dopo aver letto il prezzo accanto, sette euro, capii pecché ce stava acqua e zucchero...

Sulla porta del frigobar c'era 'na cannuccia...

Delle noccioline stavano tentando la fuga. Mi guardarono e dissero: «Guaglio', è più dignitoso muri' affugato in un aperitivo...».

Tentai di accendere il televisore ma non c'era 'o telecomando. Aprii la porta e nel corridoio c'erano altri clienti che stavano litigando con un signore che aveva il telecomando. Trecento televisori e un solo telecomando. Era il primo telecomando al mondo che non girava i canali, ma girava p' 'e stanze.

Un bagno così stretto che nella tazza c'era pure nu cucchiaino. Era 'a tazza d' 'o cafè.

Il water aveva i pedali. Pensai: «Mò me metto 'a

cintura 'e sicurezza, dovessi acchiappa' nu strunzo 'e faccia?».

La stanza faceva talmente schifo che dietro la porta, invece delle norme antincendio, c'era direttamente 'na latta 'e benzina. Con una scritta: SE NON LO FAI TU, 'O FACIMME NUJE.

Quando scesi alla reception mi chiesero: «Il signore si trattiene ancora?».

«Sì, un'altra mezz'ora. E po' t'abbboffo 'e mazzate!»

SUD CHIAMA NORD

Quando uno va al Nord piange due volte.
La prima quando arriva.
La seconda quando se ne va,
pecché vede 'a nebbia, vede 'o smog e pensa:
"Uah, guagliu', addò so' stato fino a mò?!".

Cani & gatti

Cani e gatti indicano metaforicamente i rapporti tra gli abitanti del Nord e quelli del Sud. Ma non è così. Almeno me lo voglio augurare.

Secondo me proprio l'amore per gli animali domestici ci unisce.

A Milano, come nei quartieri-bene di Napoli, 'o cane "fa chic".

Entri in un supermercato, ad esempio, e ti accorgi che ci sono dei reparti dove si vendono solo cibi per cani.

E non c'è la solita scatoletta con un po' di carne, no, ma una varietà incredibile: petto di pollo con piselli, cotoletta ai funghi porcini, vitello affumicato in maionese...

Un tempo il cane se mangiava quello che lasciavo io, mò so' io ca me magno chello ca lascia 'o cane.

I guinzagli per cani sono diventati una vera moda. I più gettonati sono quelli che hanno un pulsante che fa allungare la corda.

Sull'argomento ho assistito a una discussione fra tre amici.

Il primo: «Tengo nu guinzaglio ca quando l'allungo 'o cane va a tre chilometri 'e distanza».

Il secondo: «Io invece tengo nu guinzaglio ca quando l'allungo 'o cane va luntano sei chilometri».

Il terzo: «Quando allungo 'o guinzaglio, 'o cane mio va talmente luntano, ma talmente luntano, ca quanno torna me porta pure nu pensierino!».

Poi ci sono persone che con le razze canine non ci capiscono niente.

Un ragazzo stava portando a passeggio il cane e incontrò un amico.

«Che bello! È un incrocio?»

«No, è una via dritta.»

Il nonno si comprò un chihuahua e dichiarò: «È un cane da difesa».

«Da difesa, nonno? In che senso?»

«Nel senso che se un malvivente tenta 'e me fa' nu scippo, io piglio 'o cane e glielo butto appresso.»

E poi i cani costano...

Andai in un negozio per animali: «Vorrei un cane».

«Prendetevi questo, è un dalmata. Costa duemila euro.»

«Duemila euro?»

«Sì, ha partecipato al film *La carica dei 101.*»

«Belli cazzi! I soldi li ha avuti lui, mica io!»

«Allora prendetevi un alano: costa quattromila euro.»

«Azz, peggio ancora!»

«Sì, ma questo ha fatto 'e cartoni.»

«Allora non posso: se me lo compro, poi 'e cartoni li devo andare a fare pur'io.»

Mi consigliò un carlino. Che non sembra un cane, ma nu roast beef cu ll'uocchie. Non tiene 'a coda, ma nu tarallo sugna e pepe.

«E quanto costa?» domandai.
«Cinquemila euro.»
«Cinquemila euro?!»
«Eh, ma questo campa vent'anni...»
«Appunto: 'o tiempo ca 'o finisco 'e pava'!»

Mia sorella ha preso un mastino napoletano. È enorme!
Le ho chiesto: «Ma perché proprio un mastino napoletano?».
«Non è proprio napoletano...»
«Allora sarà d' 'a provincia, ma io me caco sotto 'o stesso!»
Ogni volta che la vado a trovare, 'o cane m'aspetta fore 'a porta: «Grrrrrrrr...».
Pare 'a bonanema d' 'o zappatore: «Addenocchiete e vaseme 'sti zampe!».
Il Natale scorso andò in calore.
Chiesi: «Mò si diverte con la mia gamba?».
«No, quella tienitela, e 'o riesto ca va truvanno...»

Cani che ormai sono più viziati delle persone...
C'è crisi e poi vedi a via Chiaia, una delle strade più "in" di Napoli, tante signore che portano a spasso 'sti cagnolini con i collier al collo...
Una sera mammà si lamentò con mio padre: «Si' 'n'ommo 'e niente! 'O cane tene 'o collier e a me me faje asci' co' braccialetto d' 'a bancarella!».

E come li vestono! Cappello, sciarpa, camicia, cravatta... Addò l'avita purta', 'a primma d' 'o San Carlo?

Però siamo una nazione civile: usiamo la paletta.
'A paletta? Se è nu barboncino, va bene. Ma pe' nu

San Bernardo 'e trecento chili nun ce vo' 'a paletta, ce vo' 'o trerrote.

La gente che ha il cane dice cose assurde.

«Il mio pitbull è simpatico: mangia l'osso...»

«Eh, cu tutta 'a carne d' 'a coscia...»

E c'è chi si atteggia: «Il mio cane fa le feste!».

«'O mio organizza 'e tavulate!»

Per fare una cosa nuova, volevo comprare un gatto per regalarlo a mio nipote.

Il negoziante me ne mostrò uno: «Questo è tranquillo: cinquecento euro e nun te scippe nemmeno...».

«Appunto: cinquecento euro. 'E rapine 'e facite direttamente vuje?»

Presi un persiano: tondo, bianco e con macchie nere ottagonali. Mio fratello, che non ci vedeva tanto bene, lo scambiò per un pallone, gli diede un calcio e lo lanciò contro la porta del balcone.

«Che faje?! Chillo è persiane!»

«Appunto: vedi ora come si chiudono bene?»

Mio zio vo' sempe sparagna'. Doveva attaccare un quadro e si scocciava di scendere dal ferramenta. Così disse a mia zia: «Chiamma 'o gatto».

«E perché?»

«Comme, pecché? 'O gatto tene sette vite!»

Mia zia, dopo aver capito la battuta, annunciò: «Adesso scendo io, te ne compro otto».

«No, ne bastano sette.»

«Eh, ma una te l'aggia avvita' arete 'a capa!»

NORD CHIAMA SUD

Stavamo in un bar io e un mio amico milanese, quando lui disse: «Dai, ci facciamo un "ape"?».

«Cioè? Usciamo fuori e ci rubiamo un trerruote?»

«Ma non l'Apecar, testina! L'"ape": l'aperitivo!»

Ci avvicinammo al bancone, e io proposi: «Ci sono due "pupa"?».

«Ma cosa sono questi "pupa"?»

«Dduje puparuoli!»

Banche al Nord, bancarelle al Sud

Il sistema bancario è sicuramente più forte al Nord che al Sud, perché lì girano più soldi e c'è maggiore ricchezza finanziaria. Non a caso, Milano viene considerata la capitale economica d'Italia.

Al Nord come al Sud, però, i problemi bancari sono gli stessi. Quando si tratta di "prendere", le banche non si tirano mai indietro. Quando si tratta di "dare", invece, fanno il braccetto corto.

Ormai le banche risparmiano su tutto. A me, l'ultimo Natale, l'agenda dei clienti me l'hanno regalata 'e rapinatori.

E poi ci sono troppe pubblicità di banche, e la gente va in confusione, specie gli anziani.

Ho proposto a mio nonno: «Perché non ti apri un conto arancio?».

Ha risposto lui: «Non posso aprire 'o cunto d' 'o fruttivendolo. Già tengo chillo d' 'o salumiere e nun 'o riesco a pava'».

Nella mia banca si presentò uno con un libretto in mano e cominciò con le scuse dicendo che il libretto era di un altro.

«Guaglio', chisto è 'o libretto 'e risparmio, nun è 'o libretto d' 'e giustificazioni» gli disse il cassiere.
«Ma la fila si fa solo allo sportello?»
«No, facitele pure arete 'o portabagagli!»

La banca "costruita intorno a te", la banca che "pensa al tuo futuro", la banca che "aiuta il prossimo"...
E nella testa ti rimbalza questo slogan: "Aiuta il prossimo, aiuta il prossimo"...
Entri in una banca e dici: «Sentite, me servesse nu mutuo 'e trecentomila euro...».
E quello allo sportello dice: «Avanti il prossimo!».

Tutto si muove tramite le banche, eppure mia nonna continua a usare i contanti e non ha un conto corrente.
Le arrivò un assegno e andò in banca: «Signora, per cambiarlo dovete prima fare una girata».
E la nonna: «Si 'e soldi m' 'e date subito, ve faccio pure ddoje capriole e 'na spaccata!».

Al Sud l'accesso al credito e ai mutui è molto più difficile, per cui le famiglie e le imprese sono sempre in difficoltà.
A Napoli non siamo come al Nord o in Svizzera. Siamo conosciuti non per le banche, ma per le bancarelle.

Un signore si avvicinò a una bancarella in un mercatino napoletano, vide una bottiglietta di Acqua di Giò e chiese: «La posso provare?».
«A disposizione» disse l'ambulante.
L'uomo si fece una spruzzatina e disse: «Ma non odora di niente... Scusate, è Acqua di Giò Armani?».
«No, chesta è acqua 'e Giovanni frateme.»
«E scusate, voi la vendete?»

«E pecché, secondo voi frateme nun 'a pava 'a bulletta 'e ll'acqua a casa?»

Una signora adocchiò su una bancarella una maglia griffata Ralph Lauren di colore blu. La stava per acquistare, quando notò una macchia marroncina sotto il logo col cavallo.

«Questa maglia è macchiata!»

L'ambulante si giustificò: «Embè, signo', chillo è cavallo, è normale ca...».

«E si può togliere?»

«E qual è 'o problema?» Si girò verso il suo aiutante: «Genna', va' a piglia' nu poco 'e segatura p' 'o cavallo!».

Io stesso con le bancarelle ho un rapporto tutto particolare.

Ormai sono arrivato al punto che quando esce il DVD di un mio spettacolo, devo fare due conferenze stampa: una in una sala convention e un'altra alla Stazione Centrale, con tutti gli extracomunitari che non solo vendono i miei DVD, ma mi fanno anche domande giornalistiche: «Ma quando essere partorita idea di fare questo DVD?».

«Eh, un anno e mezzo fa è partorita...»

«E visto che noi aspettare da due anni tuo DVD pe' fa' qualcosa di soldi, prossima volta, se proprio parturi', fa' taglio cesareo!»

Le cose non vanno meglio nel campo assicurativo, dove la situazione è assolutamente degenerata. Tanti motivi hanno portato all'aumento delle polizze al Sud, ma in termini percentuali esagerati.

Andai dal mio assicuratore a rinnovare la polizza per la macchina.

«Quant'è?»
«C'è stato un leggero aumento: milleottocento euro...»
«Milleottocento euro?!»
In quel momento entrò un ragazzo col passamontagna: «Mani in alto, questa è una rapina!».
Dissi io: «Con calma e uno alla volta. Già m' 'a sta facenne chisto»

Oggi le macchine sono "a iniezione". Vuol dire che prima di dare una capata a uno, scendi dall'auto e gli strofini una fiancata con l'alcool.

Una volta esisteva lo stereo estraibile. Quello così pesante che quando 'o levavi era 'na valigia. Oltre alle cassette, dentro ci mettevi pure 'e mutande.
Se non volevi portartelo appresso, lo nascondevi in macchina, in un posto che nessuno poteva immaginare: sotto al sediolino. Qualcuno più ingegnoso lo metteva sotto 'o sediolino lato passeggero, che per trovarlo ti dovevi stendere un poco più del normale.
Una volta lo stavo cercando e improvvisamente sentii la macchina muoversi. Mi affacciai e vidi uno abbassato dietro la macchina.
«Che stai facendo?!»
«Che vuo'?! Tu ti stai facendo 'o stereo e io nun me pozzo fa' 'o paraurti?»

Ogni macchina oggi ha una diversa modalità di inserimento della retromarcia. In alcune vetture bisogna spostare la leva in avanti, in altre all'indietro, oppure si deve premere o tirare un anello, o scendere e spingere. Un automobilista disperato, dopo mezz'ora che la macchina non si spostava, chiamò la concessionaria: «Avete ragione ca nun saccio mettere 'a retromarcia, si no v' 'a purtavo indietro e non ne parlavamo più!».

Il sistema frenante più diffuso sulle auto moderne si chiama ABS.

Una mattina un ragazzo confessò al padre: «Papà, stanotte, tornando a casa, ho distrutto tutto il lato anteriore... È stata colpa dell'ABS».

«'O sistema frenante?»

«No, papà. ABS: 'a botta 'e suonno!»

Sulle macchine moderne c'è il computer di bordo. Ti dice tutto quello che devi fare: «Mettiti la cintura, scala 'a marcia, miette 'a freccia...».

È comodo, ma non devi usarlo troppo, se no se piglia 'a confidenza.

'Na vota trasette 'a guagliona mia in macchina e io le domandai: «Cara, cinema o ristorante?».

Se sentette 'na voce: «Nun 'o dà retta, a 'stu pezzente! In tasca tiene solo venti euro!».

E per riparare queste macchine nuove, le devi portare nelle officine specializzate. Lì le aggiustano e poi ti chiamano: «Vi abbiamo fatto proprio un bel servizio...».

In quel preciso istante ti viene il dubbio ca te sta pe' capita' qualcosa. E chiedi tutto tremante: «E allora quanto me venesse a fa'?».

«Tenetevi forte...»

«E allora vuje teniteve 'a macchina!»

SUD CHIAMA NORD

«Amore, come ti trovi lì al Nord?»

«Mi trovo bene. Certo, ci stanno delle differenze... Anche sulle cose semplici.»

«Per esempio?»

«Per esempio, se uno chiede l'orario. Se lo chiedi a uno del Nord, quello subito te lo dice. Se lo chiedi a Napoli, quello prima di risponderti ti domanda: "Ma pecché, che tieni 'a fa'?"...»

Amori al Nord e amori al Sud

Il sentimento viene in genere associato al Sud e alla napoletanità.

La zanzara, invece, viene associata al Nord e a Milano.

Direte voi: che nesso c'è tra queste due cose?

C'è.

Si tratta di due cose che hanno un punto in comune: la diffusione democratica.

Il sentimento e la zanzara pungono chiunque, senza distinzioni.

Nel passato, a partire dagli anni Sessanta, le donne meridionali venivano viste come carnali, passionali. Ma difficili da portare a letto.

Le donne settentrionali, invece, erano considerate fredde ma più disponibili. Cominciò a girare voce che fossero "emancipate". Quando lo seppero i ragazzi meridionali, partirono a frotte per il Nord con questa parola in testa: emancipate. Andavano su non per trovare realmente lavoro, ma per fare acchiappanza.

Immaginate un ragazzo napoletano che arrivava al Nord e abbordava una ragazza: «Di dove sei?».

«Di Mantova.»

«Benissimo... Sei proprio di Mantova, in provincia di Emancipazione?»

«Eh?»

«Facciamo a casa mia o casa tua?»

La ragazza lo investiva con uno schiaffone talmente forte che quando rinveniva, il ragazzo le chiedeva il numero di targa.

«Ma che ho detto? Tu sei emancipata o no?»

«Emancipata sì, ma zoccola no!»

In poche parole, il ragazzo napoletano, appena messo piede al Nord, pigliava 'o primmo palo.

Così si arrendeva subito e tornava a Napoli, utilizzando con gli amici la classica giustificazione: «Eh, guagliu', là 'a vita è cara...».

Ed elencava le spese: «Pe fa' 'o cameriere te pagano poco e niente. 'Na casa viene a fa' 'na cifra. E vulite mettere 'o pacchetto 'e sigarette comme costa ccà e comme costa llà? E po' nun ve dico si 'na sera vuo' j' a balla'!».

Poi in disparte si confidava con l'amico intimo.

«Ma almeno 'e femmene l'hê acchiappate?»

«Onestamente, Pasca', aggie fatte cierti grezze...»

E l'amico: «Va buo', ma si te si' gestito comme te gestisci a Napule...».

«Eh, ma io m'aspettavo ca 'e femmene erano emancipate.»

«Sì, ma si si' scemo a Napoli, si' scemo pure a Milano. Cioè, si uno è scemo, è scemo in tutta Italia...»

Ma analizziamo la situazione al contrario: la donna settentrionale come considera gli uomini "di genere maschile" meridionali?

I meridionali, in particolare i napoletani, vengono

visti come cavalieri e come persone simpatiche e allegre. Inoltre, vengono ritenuti privi di complicazioni mentali: semplici, liberi, spontanei. Ma molto gelosi.

La leggenda narra che noi napoletani teniamo la donna in casa, e una volta che ci siamo assicurati che stia là, scendiamo e usciamo per stare con i compagni.

Per quanto riguarda la signorilità e la simpatia, niente da discutere: è così e basta.

Una volta andai in un ristorante elegantissimo con una ragazza di Padova. In un angolo c'era un gruppo di violinisti.

Si avvicinò il cameriere: «Che ne direste di un bel pezzo di Paganini?».

«Sì, ma giusto un pezzettino, altrimenti ci abbboffiamo con l'antipasto e po' nun ce magnammo cchiù niente.»

Quanto alla gelosia, il discorso cambia.

La ragazza: «Amore, vorrei fare un po' di jogging. Mi piacerebbe andare a correre».

Il ragazzo che fa? Il giorno dopo, invece di iscriverla in palestra, le fa trovare un tapis roulant 'nto salotto.

Lei cerca una soluzione: «Ci ho ripensato: vorrei fare spinning».

Il ragazzo il giorno dopo le acquista una cyclette.

'O terzo juorno la ragazza si arrende: «Amo', non ti dico che voglio fare step, se no va a fini' ca bluocche l'ascensore...».

Milano è la città delle veline. Quelle che – si dice – scendono facilmente a compromessi. Ma se lo chiedi a loro, dicono sempre il contrario.

Una volta acchiappai 'na velina e glielo chiesi: «Senti, ma tu per fare carriera sei mai stata con persone dello spettacolo?».

Rispose: «Io?! E come ti permetti?! Io sono come una bambina, credo ancora alle favole. Mi sento come Cenerentola».

«Sì, sule ca Cenerentola a mezzanotte perse 'a scarpetta, tu 'e dieci meno un quarto avive già perzo 'a mutanda.»

Le donne so' forti quando vedono altre donne in TV. Veline, letterine, vallette: pensano che possono farlo pure loro.

Prendete la mia ragazza: nu metro e cinquanta pe' nu metro e venti.

«Tesoro, che mi manca per fare televisione?»

«'O tavolino 'a sotto.»

La nostra ragazza l'accompagniamo a casa sempre allo stesso orario, intorno a mezzanotte.

Nun sia mai avimme piacere 'na sera e nun acchiappa' 'o camion della spazzatura annanze, di trovare i semafori tutti a verde, 'e carabinieri ca nun te fermano pe' nu controllo, e invece 'e mezzanotte arrivi sotto casa sua alle undici e cinquantanove minuti. 'A guagliona guarda l'orologio e te fa: «A-ah, stasera mi hai accompagnato prima! Chissà che devi fare, eh? Ma sappi che tu per me puoi fare quello che vuoi, io non ti penso proprio!».

Apre la portiera e se ne va.

Improvvisamente 'na telefonata sul tuo cellulare. È lei, con la voce rotta dal pianto: «Stronzo, dove stai? Che stai facendo? Con chi stai?».

«Teso', sto ancora qua, sto mettenne 'a primma...»

La donna è spietata quando deve dire una cosa. Sottolinea sempre i difetti: «Tesoro, tieni i pettorali mosci, 'sti fianchi che hai so' larghi, e tieni pure la pancetta».

«Io? Ma te si' vista tu? Si vene 'o terremoto, le prime a salvarsi so' 'e zizze, pecché già so' scese.»

«Che vuoi dire?»

«Voglio dire che sei fortunata: si 'a notte vuo' allatta' nu criaturo, non c'è bisogno che ti alzi; 'a zizza gliela butti direttamente 'nta culla.»

Donne che leggono sempre l'oroscopo...

«Tesoro, ho letto l'oroscopo. "*Amore*: gli astri ti sorridono. *Bellezza*: gli astri ti sorridono. *Forma fisica*: gli astri ti sorridono..." Tesoro, ma cosa vuol dire?»

«Ca pure gli astri ti prendono per il culo.»

Quando ci lasciammo, mi disse: «Ogni volta che ho fatto l'amore con te ho pensato sempre al mio ex fidanzato».

«Sì? Anch'io quando ho fatto l'amore con te ho sempre pensato.»

«Alla tua ex fidanzata?»

«No, al tuo ex fidanzato.»

«E che hai pensato?»

«Chisti tre anni comme ha fatto...»

Le donne quanne te vonno dicere 'na cosa, sono molto crude.

«Tesoro, il mese prossimo saremo in tre.»

«Aspetti un bambino?»

«No, mi tengo a 'n'altro.»

Con le donne ci dobbiamo sentire dieci volte al giorno.

E dobbiamo chiamare sempre noi, per sentirci dire: «Teso', che ti sei mangiato?».

«Da stamattina cinquanta euro 'e telefono.»

Un'altra cosa bellissima è fare l'amore in macchina. La prima mezz'ora la passate a decidere chi deve spostarsi sul sediolino dell'altro.

'Na volta mi disse la mia ragazza: «Passa tu 'a ccà, che se acchiappo lo sterzo mi lascia il segno».

«No, passa tu, che se acchiappo 'o cambio me lascia 'o trauma.»

«Quando faccio l'amore con te vedo le stelle.»

«Perché sono bravo?»

«No, perché lasci sempre la cappotta aperta.»

Quando noi uomini facciamo l'amore in macchina e dobbiamo incollare i giornali sui vetri, è preferibile non usare quelli sportivi, perché ci mettiamo a leggerli.

Stavo "incartato" in macchina con la ragazza e dissi: «Hai visto, amo'? Ieri Lavezzi nun ha visto 'na palla».

Rispose lei: «Teso', se non t'abbassi 'o cazone penso che stasera nun 'a veco manco io».

'Na sera 'o nonno stava in macchina con la nonna e cercava e fa' qualcosa... Dopo mezz'ora che non succedeva niente, 'a nonna appicciaje 'o quadro d' 'a machina e se mettette a guarda' 'a lancetta d' 'a benzina.

Disse il nonno: «Mari', pecché staje guardanno 'a lancetta?».

«P' 'o sfizio e vede' 'na cosa che si alza.»

Disse il nonno: «Forse ti sei messa vergogna perché tengo 'a fuoriserie?».

«No, Pasca', 'o tieni fuori uso.»

Quando si fa l'amore in macchina noi uomini lasciamo sempre il segno del sedere sul parabrezza. 'Na volta presi la macchina di papà e uscii con la mia ragazza. Facemmo l'amore e io lasciai il segno del sedere sul parabrezza.

La mattina mio padre notò la cosa: «Ma che cos'è 'stu segno rotondo 'ngopp' 'o parabrezza?».

«Papà, ajere aggie fatto 'n'incidente. S'è aperto l'airbag ed è rimasto 'o segno rotondo sul vetro...»

«Ma è rotto?»

«Perché?»

«Tiene la spaccata in mezzo...»

Esci con una donna, spendi duecento euro e lei non lo apprezza.

«Teso', ma lo sai che con duecento euro in Brasile esco cu 'na femmena esagerata alta un metro e ottanta e con due seni così?»

«E che ti può dare?»

«Se ci mettiamo d'accordo, pure 'o riesto!»

Chiesi a papà: «Ma che cos'è l'amore?».

«Guaglio', che posso dirti... Io trent'anni fa mi sono innamorato di un sorriso e mò me trovo a discutere cu 'na dentiera.»

Con la mia ultima compagna le cose non andavano bene neanche a letto.

Allora le feci una proposta: «Dimmi qualcosa di caldo».

E lei: «Datti fuoco».

Il problema è che la nostra "generazione di trentenni" è stata inguaiata dal Viagra.

Per conquistare una donna, dobbiamo combattere contro i ventenni, che so' giovani e spregiudicati. Perché giustamente 'o ventenne pensa: "Ma si pure 'sta guagliona me lascia, oppure 'a lascio io, sai quante altre ne trovo disponibili?".

Poi dobbiamo anche combattere contro il fascino dei quarantenni in carriera e contro 'e cinquantenni ca tengono ormai 'na posizione e fanne senti' 'a femmena cchiù protetta.

Po' avimma cumbattere pure contro i sessantenni e i settantenni, ca se pigliano 'o Viagra...

E che sanghe d' 'a miseria!

Mò aggie capite pecché si chiama "generazione di trentenni": pecché p'acchiappa' 'na femmena ce vogliono trent'anni!

NORD CHIAMA SUD

«Amore, come sono i dolci a Napoli?»

«Sono buoni, ma a me manca il panettùn.»

«E che mi porti di buono?»

«Le sfogliatelle, i babà e due buste piene d'uva passa.»

«Perché l'uva passa?»

«Perché i napoletani sono come Robinho: quando vedono l'uva passa la scartano.»

Discoteca oh oh oh!

A Napoli, a Milano e, direi, nel mondo, qual è la vera chiesa, la moschea dello spirito libero, il tempio della trasgressione? La discoteca! Un luogo che io definirei quasi sacro, perché culture e persone diverse tra loro qui diventano un unico grande popolo. Fa eccezione il napoletano, che quando va in discoteca subito si fa riconoscere. È quello che all'entrata, vedendo la coda, si avvicina a 'na guagliona e dice: «State facendo la fila?».

«Nooo! Stamme facenne 'o trenino.»

Lo riconosci anche dal fisico e dall'abbigliamento, perché è secco secco e ha addosso 'na maglia talmente stretta che il viso è rosso. Ma rosso non perché s'è fatto 'na lampada, ma perché s'è fermato 'o sanghe.

Per non parlare della capigliatura: taglio spettinato cu cierti capilli ingrassati che non sai se si è messo il gel o si è messo paura.

In macchina tiene lo stereo a palla... Bum bum bum! 'Na vota 'e cumpagne 'e mio fratello 'o venettero a piglia' a casa con lo stereo acceso. Mia mamma non capì, e disse a mio fratello: «Toni', si' talmente importante ca nun so' venute 'e cumpagne tuoje, è venuto a te chiamma' direttamente 'o locale?».

Dentro al locale 'o napoletano è troppo forte. A cinquanta gradi 'e temperatura, sta tutta la serata sotto la consolle, vicino 'o deejay, a fa': «Oh oh oh!».

'O cumpagno, più sudato di lui, a nu certo punto dice: «Pasca', qua ci vogliono tre Vigorsol».

«Perché tre?»

«Una in bocca e due sotto le ascelle.»

Nelle discoteche al buio non si vede nulla.

Nu compagno mio si avvicinò a una ragazza e chiese: «Come ti chiami?».

Lei mosse la testa lentamente da sinistra a destra e poi da destra a sinistra, senza parlare.

«Mi dici almeno dove abiti?»

Lei fece lo stesso movimento.

«Ma sei timida?»

Nessuna risposta.

Intervenne il barista: «Amico, puoi stare qua tutta 'a nuttata, non ti risponderà mai».

«Perché è fidanzata?»

«No, pecché chisto è 'o ventilatore.»

Le poche ragazze belle in discoteca s'atteggiano comme 'e pazze. Una volta ne avvicinai una: «Mi dai il tuo numero di telefono?».

«Perché? Mi vuoi chiamare?»

«Nooo!!! Te voglio pava' 'a bolletta!»

Mi accostai a un'altra e, guardandole le forme prorompenti, le dissi: «È tutta roba tua?».

«No, è di tua sorella!»

«E dammelo, che glielo porto.»

A me fanno impazzire quelle ragazze che in pieno inverno, quando vanno in discoteca, indossano dei vestitini leggerissimi e lasciano i giubbotti e i cappotti nelle auto. E da dove hanno parcheggiato fino all'ingresso della discoteca si fanno due chilometri a piedi, in un freddo polare.

Mò dico io: e tu per risparmiare cinque euro per il guardaroba, ne rimetti cinquanta 'e medicine?

Ma il massimo in discoteca è chillo ca praticamente balla tutta 'a serata co' giubbino addosso, oppure lo tiene in mano perché deve risparmiare i soldi d' 'o guardaroba.

A proposito di giubbino: c'è sempre il furbetto che infila il cappotto sotto la pila degli altri cappotti e giubbini sul divano: «Accussì non se lo fregano!».

Alle cinque del mattino lo trovi da solo in discoteca: «Ma 'e truvato 'na guagliona?».

«No, finalmente aggie truvato 'o cappotto!»

E poi in discoteca non può mancare la ragazza brutta. Quella chiatta chiatta, corta e con i peli sulla faccia.

Ne incontrai una con diciotto bracciali, ventuno piercing e cinquanta catene.

Mi guardò e disse: «Cosa ti ricordo?».

«La cassetta degli attrezzi di mio padre.»

«Ehi, guarda che ho la casa libera...»

«E fittala agli studenti.»

«I miei tornano domani...»

«E non far trovare la roba in mezzo.»

Era talmente brutta che se avessi dovuto farci l'amore in auto, i giornali non avrei dovuto attaccarli sui vetri, ma su di lei.

Nelle discoteche può anche capitare di incappare in tipi loschi che ti propongono di assaggiare pastigliette strane, tutte colorate. In questi casi, se non sei un assiduo frequentatore di discoteche, possono nascere degli equivoci.

A Milano mi si avvicinò un tipo e mi sussurrò in un orecchio: «Ho le paste...».

Risposi io: «Perché, festeggi 'o compleanno?».

Lui sentì il mio accento e disse: «Ah, sei napoletano?». E cambiò pronuncia: «Io sono milanese ma saccie parla' anche in napoletano».

Si avvicinò ancora di più e mi disse: «Ch'amma acala'?».

«Ma perché, vottano 'e prete?»

Mi fece vedere delle pasticche.

Gli chiesi: «E che si fa con queste cose?».

«Un viaggio...»

Capii e risposi: «Un viaggio? E avviati».

Invece ci sono quelli che in discoteca amano bere.

Uno mi propose: «Ti va di farti un bicchiere?».

E io: «Se ci sgamano che c'arrubbammo nu bicchiere, è proprio 'na grezza...».

Un altro, dopo aver bevuto una ventina di Caipirinha, andò dal barman: «Mi dà una cannuccia?».

«Guaglio', pe' tte è meglio 'na cannola!»

Si rivolse a me: «Ma tu non bevi?».

«No, sono completamente astemio. Una volta ho mangiato un Mon Chéri, mi ha fermato la polizia e ho fatto la prova del palloncino: è uscita 'a ciliegia.»

Un classico: dopo la discoteca, prima di andare a dormire, si va a fare colazione.

Una volta ti svegliavi di mattina ed era normale fare

la prima colazione. Mò succede 'o cuntrario, ovvero prima 'e te j' a cucca' devi fare colazione! Te mangi 'o cornetto, 'o cappuccino e 'a brioche... È come se uno prima e se j' a cucca' se fa ddoje ore 'e suonno.

C'è sempre l'amico milanese che per ottimizzare i tempi ti dice: «Sono le sei del mattino, fa' colazione adesso, così te la trovi già fatta per quando ti svegli».

Che ragionamento è?

«Allora domani mattina puorteme a guagliona toja!»

«E perché?»

«Pecché accussì t' 'a truove già fatta quanno jesce 'a sera.»

SUD CHIAMA NORD

«Amore, non vedo l'ora di tornare da te al Nord per mangiarmi un bell'orecchio d'elefante...»

«Sì, caro, ti ho preso una cotoletta originale!»

«Ah, sì? E qual è?»

«È quella che insieme all'orecchio d'elefante c'ha pure il cotton-fioc.»

Una famiglia spettacolare

La mia famiglia è ignorante, e lo dimostra soprattutto nei locali pubblici.

Durante una gita a Venezia, andai a pranzo in un ristorante con i miei genitori e con i nonni, che appena entrati si sedettero al primo tavolo che trovarono libero.

Si avvicinò un cameriere: «Il tavolo è riservato».

Replicò il nonno: «Nun ve preoccupate, non gli diamo confidenza».

Arrivò un piccoletto e papà chiese: «Lei chi è?».

«Il maître.»

«'O metro? E se vede che staje ancora attorcigliato. Sciogliti!»

Sopraggiunse un altro tizio tutto elegante, prese la bottiglia di vino dal nostro tavolo e iniziò a bere.

«Ma che fate?!» protestò papà.

«Sono il sommelier, devo assaggiare il vostro vino.»

«Azz, io 'o pave e tu t' 'o bive?!»

Il tavolo non era molto stabile, e il nonno fece intervenire il proprietario: «Dovete far mettere qualcosa sotto 'o piede d' 'o tavolo».

«Perché? Balla?»
«Balla? Chille fra poco fa pure 'na spaccata.»

Sulla carne stava succedendo un casino.
Mia mamma ordinò al cameriere: «Due cerotti, per piacere!».
«E dove dovete metterli?»
«Su questa fetta 'e carne! E va bene che l'ho chiesta al sangue, ma chesta si 'a porto 'o Cardarelli se po' fa' pure due trasfusioni.»

Poi mamma guardò papà e disse: «Pecché tieni tre bicchieri?».
«Tu non capisci 'e finezze! 'O primm è pe' ll'acqua, 'o secondo p' 'o vino e 'o terzo p' 'a dentiera.»

Ho una famiglia che definire spettacolare è poco.
Una mattina bussarono a casa quelli dei servizi telefonici. Aprì mamma, e uno degli operatori disse: «Signora, le interessa Alice?».
«Eh, dammene un cuoppo, che me le faccio indorate e fritte.»
«Almeno avete l'ADSL?»
Mia mamma s'arrabbiò: «Ma come vi permettete? 'A droga qua dentro non è mai entrata!».

Tempo fa firmai la mia condanna a morte: portai la mia famiglia a casa dei miei suoceri, entrambi professionisti.
Papà espresse il massimo di se stesso. Disse al padre della mia ragazza: «Lei fa l'avvocato? Bel lavoro».
«Sì, mi piace soprattutto quando devo fare le arringhe» rispose mio suocero.
«A chi lo dite: 'a robba 'e mare me piace assaje.»

Ci sedemmo a tavola, accanto ai bicchieri c'era la vaschetta sciacquadita.

Papà esclamò: «Signora, ma 'e forchette nun se ponno lava' doppe magnato? Mia moglie vi dà 'na mano a fa' 'a cucina».

Quando misero il sushi a tavola, mia mamma chiese: «Ma cos'è?».

«Pesce crudo... Non l'avete mai mangiato?»

«Sì, 'na volta che finì 'a bombola.»

Il padre della mia ragazza era collezionista d'arte e voleva rendere partecipe la mia famiglia di questa sua passione: «Io amo il vaso di Pandora, vale miliardi».

Papà diede un cazzotto in bocca a mammà: «Quel panettone d' 'e Tre Marie che hai regalato quanto costava?».

«Vi intendete di Botticelli?» domandò mio suocero.

«E certo! Che vi serve? Bengala o stelletelle?»

«Che dirvi... Se vedo *Il grido* di Munch impazzisco...»

«Ah, se sentite le grida d' 'a nonna jate 'o manicomio!»

Mia suocera interpellò mia madre: «Lei di che si occupa?».

«Impresa di pulizia.»

«Avete una ditta?»

«No, mi riferivo a casa mia. Pulezza' è 'n'impresa.»

«Sa, signora? Io vado pazza per le poesie. Mi piacciono le cose di Leopardi.»

«Pure a me. Ho comprato tre perizomi 'e leopardo.»

Disse una volta papà: «Per il mio settantesimo compleanno voglio fare una cosa che non ho mai fatto».

Mia mamma: «Pasca', allora fa l'ommo».

Le persone di una certa età non riescono a stare al passo con la tecnologia. Pigliate per esempio il Bluetooth: finché lo usa un uomo, è tutto tranquillo, perché generalmente ha i capelli corti e si vede che sta parlando al telefono con qualcuno. Ma se lo adopera una donna con i capelli lunghi, l'aggeggio non si vede proprio. Pare che stia parlando con te e ti imbrogli a rispondere.

Mio padre entrò in ascensore con una guagliona che stava parlando per i fatti suoi al telefono col Bluetooth.

Disse la ragazza: «Stronzo, dove sei stato ieri sera?».

Rispose papà: «Ma so' stato a casa!».

«So che sei sceso!!!»

«Eh, so' andato a butta' 'n'attimo 'a munnezza...»

«Stasera non permetterti di farlo.»

«Pe' carità! La butto dal balcone!»

Con la tecnologia tutto è cambiato, anche nei palazzi.

Un tempo esisteva il citofono normale. Tu bussavi e quello che stava in casa rispondeva. Oggi invece esistono i citofoni c' 'o codice. Fecero 'na rapina a mio padre sotto 'o palazzo pecché pensavano che stava digitando 'o numero d' 'o bancomat.

Per le donne qualsiasi cosa succede è una tragedia annunciata.

Stai in bagno a fare la doccia, cade un po' d'acqua a terra, massimo due gocce, trase 'a femmene e dice: «Maro', 'e fatte 'o lago, e mò?».

«E mò passece l'Anitra WC, accussì ce stanne pure 'e paparelle.»

Ho mia madre che è fissata con le pulizie. Sta sempre a lava' panni, tanto che 'na volta uscì l'Omino Bianco dalla lavatrice e dicette: «Oh, calmati nu poco, io due mani tengo!».

A 'sto punto intervenne Mastro Lindo: «Frate', nun te piglia' collera, pienze ca quando so' venuto ccà tenevo ancora 'e capelli. Me li so' stracciati dopo che ho visto quello che si doveva fare».

La cosa bella è che mia mamma quando me lavava 'e vestiti mi scoloriva tutto. 'Na maglia cu 'a faccia 'e Che Guevara 'a facette addiventa' 'e sette colori. Quando un mio amico la vide disse: «Ma lieveme 'na curiosità: Che Guevara primm' 'e muri' steve pittanne 'a cucina?».

E poi stava sempre a lava' e a passa' l'aspirapolvere. 'Na volta durante la messa domenicale in televisione, mamma stava lavando 'o pavimento e si sentì il prete che diceva: «Il Signore entrerà nelle vostre case».

Rispose mammà: «Eh, ma si deve prima asciutta' 'nterra...».

«Polvere siamo e polvere ritorneremo» continuò il prete.

«Ma come? Io mò ho passato 'a pezza!»

«Disse Gesù a Lazzaro: "Alzati e cammina"...»

«Eh, ma sotto 'o muro, che a terra è ancora bagnato!»

Le mamme sono sempre le stesse, le case invece cambiano. Siamo invasi da tendenze estere quali l'Ikea. Andai a parlare con un loro designer per farmi consigliare un nuovo tipo di arredamento. Mi disse: «Vi consiglio un letto a scomparsa, il tavolo a scomparsa e l'armadio a scomparsa».

«Ma cos'è, 'a casa 'e Silvan?»

Vidi una volta papà vicino 'o comodino fare: «Abracadabra!».

«Che stai facendo?» gli chiese mamma.

«Niente, sto vedendo 'e fa' compari' 'na mutanda pulita.»

Dissi: «Papà, ma smettila!».

«E perché? Ieri 'o posto de' calzini è uscito un coniglio...»

Proprio dalla casa dovrebbe partire e risolversi il problema dei rifiuti. Da quello che si chiama "porta a porta".

Il problema dei rifiuti è un problema che c'è. Certo, noi non siamo la Svizzera, dove non ci sta manco 'na carta a terra. Io pensavo che 'sto fatto che non ci stava 'na carta 'nterra fosse un luogo comune. Invece, guagliu', c'amma sta'!

Zurigo: una città talmente pulita ca nientedimeno i cani per soggezione so' diventati stitici. Però, amici miei, diciamoci la verità: anche al Sud, e precisamente in Campania, ci sta un alto livello di raccolta differenziata. A Benevento, Avellino, Salerno... Infatti, spesso si ritrovano là parecchi cani in fuga dalla Svizzera, che pensano: "'A città è pulita, ma almeno 'ngoppe 'e giardinetti putimme sfuga'!".

Quindi l'uomo del Sud, se vuole, le cose le sa far funzionare.

Un altro esempio splendido è quello di Castellabate, set del film *Benvenuti al Sud*, che ha un'organizzazione svizzera, pur conservando sempre la straordinaria umanità che contraddistingue il Meridione. Se a Castellabate trovi una carta a terra, è perché l'ha portata il vento chissà da dove.

Questo mi dà l'ottimismo per pensare che anche in una città complessa come Napoli possano accadere miracoli, benché i settentrionali continuino a immaginare situazioni particolari, come quelle che seguono.

«Pasca', butta la spazzatura a volo a volo!»
«Vorrai dire ambresse ambresse?»
«No, a volo a volo. Nel senso che arapimme 'a fenesta e la buttiamo.»

«Mari', che fai, butti 'o sacchetto da sopra 'o balcone?»
«Ti sembra un comportamento da cafoni?»
«No, ma almeno 'o sacchetto 'o potevi riempi' di più...»

Anche mio padre ha vissuto una situazione del genere.

A Napoli la spazzatura si butta dopo le ore ventuno, e papà una sera scese prima. Con una mano teneva il cane a guinzaglio e con l'altra il sacchetto.

Lo fermò un vigile: «Fate il furbo? Con la scusa di porta' fuori 'o cane, andate a buttare il sacchetto?».

«Ma qua' sacchetto? Io stavo buttando 'o cane!»

NORD CHIAMA SUD

«Amore, sapessi a Milano che m'è succieso!»

«Che t'è succieso?»

«Su un autobus m'hanno rubato 'o portafogli.
Sono andato in un commissariato e al brigadiere
ho detto: "Brigadie', se so' fatti 'o portafogli!".
Quello m'ha guardato e ha esclamato:
"Ah! E chi è stato?". E io: "Si 'o sapevo andavo
direttamente a casa d' 'o mariuolo".
E il brigadiere: "Mi dia un documento"...
"Allora non mi so' spiegato bene, brigadie':
se so' fatti 'o portafoglio, e 'o documento
stava dentro!" "E mi dica: com'è successo?
All'improvviso?" "Nooo!!! Stammatina
'o mariuolo m'ha chiammato. Avimme pigliato
appuntamento"...»

Prime comunioni indimenticabili

Al Nord, di solito, i ricevimenti nuziali e quelli per cresime, battesimi e prime comunioni sono molto frugali e veloci.

A Napoli durano in media dodici ore. Nun so' ricevimenti, so' sequestri 'e persona. 'A busta vale pe' riscatto.

Papà andò a una prima comunione e mise pochi soldi nella busta. A casa non tornò, e ci fu recapitato un suo orecchio con un biglietto: "Chisto è 'n'avvertimento!".

La prima comunione, ad esempio, è un tipo di festa indimenticabile.

Vi ricordate come si svolgeva un tempo? Come regali ricevevamo: l'orologio a calcolatrice, 'a penna cu 'a calcolatrice, l'agenda elettronica cu 'a calcolatrice... Ma dovevamo farci la comunione o fa' 'o cunto d' 'o ristorante?

Mi ricordo che quando mi feci 'a comunione papà se 'mbrugliaje: invece e me fa' anda' in chiesa col giglio in mano, me facette anda' cu 'na rosa. 'O prevete invece e me dà l'ostia me dette 'n'appuntamento: «Sei carino, ci vediamo dopo...».

Oggi quando un bimbo se fa 'a comunione riceve come regalo più fesso 'na Wii, 'na PlayStation, nu braccialetto d'oro 'e dieci chili, 'na cullana longa sei metri. Dopo che l'hai usata per farti le fotografie, la puoi utilizzare pure come catena p'attacca' 'o motorino.

E poi venti bracciali che il giorno dopo tuo padre ha già pignorato.

«Papà, addò stanne 'e bracciali?»

«Tiè, qui ce n'è uno.»

«E gli altri diciannove?»

«E che te ne dovevi fare? Erano doppioni.»

Come se non bastasse, anche gli altri regali sono ripetitivi. Apri una scatola e ci trovi dentro un crocifisso. Ne apri un'altra, un altro crocifisso.

La zia ti dice: «Portali con te, ti serviranno...».

«'A zi', ma quando torno 'a casa, chi m'arape 'a porta, Dracula?»

Le comunioni funzionano così.

Scendi dalla macchina e si avvicina un signore: «Due euro».

«Ma siete il parcheggiatore?»

«No, sono un parente. Se non metto insieme i soldi p' 'o regalo, nun me fanne trasi'.»

Alla comunione di un mio nipote, fuori dai bagni vidi mio zio, il papà del festeggiato, che stava piangendo: «Sei emozionato?».

«No, mò aggie fernute 'e cunta' 'e buste...»

Nella sala ristorante, cose assurde.

Appena iniziano le portate a tavola, si sente un aroma di gorgonzola. Ma attenzione: il profumino non viene da sopra, ma da sotto i tavoli, perché l'ottanta per cento delle signore anziane si so' tolte le scarpe e si so' messe 'e pantofole. E tutte in coro dicono: «Nun c' 'a facevo cchiù, s'erano abbuffati 'e piedi!».

Menu per i bambini: pennette al pomodoro e cotoletta con patatine fritte.

E i genitori prontamente dicono: «Portate una forchetta in più».

Non lo dicono perché ai bambini è facile che possano cadere le posate, ma perché puntualmente, dopo che hanno assaggiato i loro spaghetti, si accorgono che non solo non sono al dente, ma pure "a rischio ponte": non li hanno proprio cotti! Allora, con la scusa di capire cosa mangiano i piccoletti, se strafocano 'o mangia' de' figli.

Sì, effettivamente, essendoci tanti invitati, spesso la cucina non è delle migliori. Se gli spaghetti sono come nuovi, per secondo viene servita 'na braciola talmente vecchia che 'o stuzzicadenti lo usa come bastone.

E poi c'è sempre l'immancabile sorbetto al limone. Quando è freddo, se ne scende 'na bellezza. Appena si fa caldo, ti accorgi che sa di candeggina. Infatti, i sorbetti avanzati i camerieri li portano in cucina, li mettono in un secchio e con una pezza lavano per terra.

A una comunione la mia attenzione si focalizzò sui fotografi, che durante tutto il ricevimento non si erano proprio mossi. Erano in otto, tutti seduti.

A un certo punto gli lanciai del vino.

«Ma che fate?!» disse uno di loro.

Risposi: «Niente, frate', 'o sfizio di vedervi fare uno scatto».

Fecero settecento fotografie in quattro minuti! A saperlo, il ricevimento si poteva organizzare sull'autostrada, vicino a 'n'autovelox.

I fotografi hanno momenti geniali. Mi ricordo che al matrimonio di mia sorella il fotografo la portò su una collinetta e le disse: «Guardate di là».

«Ma da qui non si vede il panorama! E neanche il mare» osservò mia sorella.

«È vero, ma si vede a macchina mia: buttateci 'n'occhio.»

La torta di regola si taglia in terrazza. Finché è estate, tutto a posto. Ma d'inverno? In terrazza tira un vento che i denti si gelano. I canini per difendersi dal freddo si mettono sotto la lingua a fa' 'na cucciolata.

Ma la torta si deve aprire là: si porta, è di moda!

Mia nonna a un certo punto a una comunione fece notare: «Io vedo solo il pandispagna... Ma nun era 'na millefoglie?».

Intervenne il cameriere: «Eh, signo', ma 'e foglie se ne so' vulate».

I camerieri, in queste circostanze, sono completamente confusi. A un certo punto si ritrovano lì giusto per fare numero.

«Mi scusi, vorrei 'na fetta e' torta!»

Un cameriere: «'A verità, 'a vulesse pur'io...».

E il cantante del piano-bar? Che ne parlammo a fa'... A un ricevimento ne trovai uno fantastico: l'unico pezzo buono che s'era portato appresso era 'a guagliona sua. Era la sola cosa intonata.

Cantava con una lentezza esasperante. *Champagne* fatta da lui si sfiatò. L'unico bis che concesse furono gli spaghetti alle vongole: se li mangiò due volte.

Finimmo alla tre del mattino. 'A zia presentò 'o "dopofestival". Pecché ce sta sempre 'o solito zio che viene invitato a cantare.

'O nipote 'mbriaco che chiede: «'O zi', facitece 'na canzone!».

E 'o zio canta sempre l'unica canzone che conosce: *A chi* di Fausto Leali.

Dopo che la ripropone per la quarta volta, si sente 'na voce: «A chi... a chi... a chi sanghe d' 'a miseria c'è venuto in mente d' 'o fa' canta'?!».

Ma io vorrei mettere la mano sul cuore per quei personaggi invisibili che durante la cerimonia non mangiano né bevono e subiscono umiliazioni e soprusi d'ogni genere.

Questi eroi si chiamano "animatori dei bambini".

'Sti poverini devono sopportare calci, pizzichi, schiaffi. Finché, a fine cerimonia, nun c' 'a fanno cchiù, e dopo l'ennesima mortificazione li senti dire: «Ora facciamo il gioco della bottiglia».

Uno dei bimbi, Giovannone, chiede: «E qual è?».

«'O primmo ca parla gliela schiatto 'ncapa!»

Il bimbo continua a sbraitare.

Uno degli animatori dice: «Ok, allora giochiamo a color-color. Color-color... rosso! Forza, tutti su Giovannone!».

«Ma Giovannone addosso non ha niente di rosso...»

«Per il momento. Ma si continua a fa' 'o scemo, 'o scummamme 'e sanghe!»

«Sai, amore, ho scoperto le tecniche con cui rubano le auto a Napoli.»

«E come hai fatto?»

«T'avvisano che hai perso un pezzo, scendi dalla vettura per controllare, ti danno un calcione, salgono nella macchina e scappano. Volevano farlo anche con me. Io però son furbo, conoscevo la tecnica... S'è avvicinato uno con la sua vettura alla mia: "Guarda ca 'e perzo 'o paraurti!". E io ironico: "Sì sì...". Dopo cinquanta metri mi fa: "Staje perdenne 'a marmitta!". E io sempre divertito: "Sì sì...". Aveva ragione: sono arrivato al lavoro che avevo solo lo sterzo tra le mani...»

Un traffico da matti

A Napoli non si può andare piano.

A via Caracciolo un automobilista andava a venti all'ora in Mercedes. Dalle altre vetture suonavano e questo non si levava di mezzo.

Uno si scocciò e riuscì ad affiancarlo: «Oh, ma te lieve 'a nanze cu 'sta bagnarola?!».

«Guarda che la mia macchina ha centocinquanta cavalli...»

«E saranno a dondolo!»

Non è vero che a Napoli, a differenza del Nord, la polizia non pattuglia le strade. Nel mio quartiere una pantera della polizia mi passò davanti dieci volte nel giro di tre minuti.

Dissi: «Bravi! Complimenti! Avete intensificato i controlli?».

Mi rispose uno degli agenti «Ma qua' controlli? Nun simme capaci 'e truva' nu parcheggio!».

I parcheggiatori sono un'altra grande categoria lavorativa partenopea.

Un tizio parcheggiò la macchina e si avvicinò il parcheggiatore: «Sono due euro...».

«Glieli posso dare quando torno?»

«Certamente. Mò sono le tre, a che ora tornate?»

«Verso le quattro...»

«Allora niente da fare, me li dovete da' in anticipo: io prima delle sei nun torno.»

Che poi i parcheggiatori sono sempre strafatti, e pur di prendersi i soldi ti fanno sostare ovunque: sulle strisce blu, sulle strisce gialle, sulle strisce bianche...

Un parcheggiatore fece parcheggiare una signora nello spazio riservato agli autobus. La signora scese dall'auto e chiese: «Scusate, io sono un po' ignorante: quando la striscia è gialla, che vuol dire?».

«Che v'hanno dato 'a robba malamente!»

A Napoli chi sta in mezzo al traffico, qualsiasi veicolo stia adoperando, si spazientisce, vuole correre.

Vidi il conducente di un carro funebre che correva come un matto. Saliva perfino sui marciapiedi.

Un vigile lo fermò: «Guaglio', tu i morti 'e puorti o 'e faje?».

I vigili a Napoli fanno un lavoro straordinario. Ma c'è sempre quella simpatica eccezione che ci regala momenti indimenticabili. Il vigile solitario, ad esempio, è sempre più raro. Ve lo ricordate? Era un uomo che faceva tutto da solo. Con una mano dirigeva il traffico e con l'altra usava il fischietto. Ora per segnare le multe i vigili stanno insieme a sei alla volta, dentro i camper. Pare che non stanno lì per lavorare. Sembrano comitive di amici. Chi piglia 'o cafè, chi parla dei fatti suoi...

Solo una volta ne ho visto uno che stava segnando qualcosa su un bloc-notes.

Mi avvicinai: «Complimenti, lei a Napoli è l'unico che sta lavorando!».

Rispose lui: «Aspetta, guaglio', nun me distrarre...». E guardando il collega: «Rafe', allora? Che pizza vuoi?».

Mentre ero fermo nel traffico, vidi un automobilista fare un sorpasso azzardato. Un vigile lo bloccò: «Dove andate così di corsa?».

«No, è che ho mangiato 'o babà a cioccolata, e devo correre in bagno...»

«Che scusa è questa? Se ci mettessimo tutti a correre così, voi che pensereste?»

«Ca nun so' l'unico strunzo che s'è mangiato 'o babà a cioccolata.»

A Napoli ormai viviamo con l'incubo delle ganasce. Non puoi fermarti al di fuori delle strisce blu che subito te mettono 'e ganasce vicino 'o cerchione.

Mio nonno stava camminando per via dei Mille, quando gli si avvicinò un drogato: «Nun c' 'a faccio cchiù, stongo a rota!».

Rispose 'o nonno: «E nun te ferma' 'ngoppe 'o marciapiede, se no vengono i vigili e te mettono 'e ganasce!».

Il Codice della Strada non viene rispettato in nessuna parte d'Italia. Quindi il problema non è solo napoletano. Con la differenza, però, che a Napoli le infrazioni le giustifichiamo in modo divertente.

Bucai la ruota di scorta sull'autostrada. Si accostò una pattuglia dei carabinieri, un brigadiere mi controllò il bagagliaio e chiese: «Il triangolo?».

«Non l'avevo considerato.»

«Guaglio', almeno il giubbotto 'o tieni?»
«L'ho portato in lavanderia, so' sceso c' 'a giacca.»
«Ma io parlo del giubbotto catarifrangente!»
«Non mi dite nulla, se l'è messo mio fratello per andare a ballare...»
'O brigadiere prese la paletta, me la mise in mano e disse: «È giusto che la tieni tu».
«Perché?»
«Perché ti stai scavando 'a fossa con le mani tue.»

'O napoletano in città va a cento all'ora. Ma è tranquillo, perché tiene 'a cintura 'e sicurezza.
'Na mattina un vigile mi fermò: «Ma che faje?».
«Oh, io tengo 'a cintura!»
«Eh, ma hai ucciso sei persone!»

Le patenti a punti! A un posto di blocco mi beccarono senza cintura, senza specchietto e con l'assicurazione scaduta.
«Mi dispiace, giovanotto, ti dobbiamo togliere venti punti» disse 'o poliziotto.
Intervenne mammà che era seduta accanto a me: «Che peccato! Altri tre e vincevamo 'o microonde!».

A Napoli è più facile trova' nu posto 'e lavoro che un posto auto.
Fuori a un locale acchiappai nu parcheggiatore abusivo. Si avvicinò e disse: «Capo, una cosa a piacere...».
«'O piacere mio è che stai bbuono...»

Nel traffico si diventa matti.
C'era uno che il clacson lo usava a raffica. Si accostò un'altra vettura: «Ma sai sulo suna'?».
«No, 'a verità tengo pure 'na bella voce.»

Quando uscì la legge delle targhe alterne, un carabiniere caro amico di famiglia disse a mio padre: «Pasca', mi raccomando, da oggi in macchina se cammina a targhe alterne».
«E nun te preoccupa', io alterno: nu poco 'a porto io e nu poco 'a porta muglierema.»

Si bada a quello che c'è sottoterra e non a quello che c'è sopra.
Hanno speso svariati milioni di euro per la Napoli sotterranea, mentre molte strade della città sono dissestate.
Dice: «Va be', ma abbiamo fatto Napoli sotterranea!».
Che significa? È come se uno camminasse con una camicia stracciata addosso, un pantalone rotto, le scarpe bucate, e gli si avvicinasse qualcuno per dirgli: «Guaglio', ma comme staje cumbinato!».
«Eh, ma sotto tengo 'na mutanda ca costa nu milione!»

La vecchia metropolitana: in un vagone duecento persone!
Una volta era tale la puzza, che alla fermata di Pozzuoli un signore disse: «Aprite 'o finestrino, che stiamo davanti alla Solfatara, accussì facimme passa' nu poco d'aria».

Camminare per le strade di Napoli davvero non è semplice.
Stavo in macchina con un amico, guidava lui, e superò un incrocio col rosso.
«Ma si' pazzo?»
«Ma che vuo'?» mi rispose. «Mio padre passa sempre col rosso!»

All'incrocio successivo il semaforo era verde e lui si fermò.

«Ma come? Ora che è verde ti fermi?»

Pronta la sua risposta: «Strunzo, e se incrociamo mio padre?!».

Mi girai e un signore investì un vecchietto. Questo si alzò da terra ed esclamò: «Ancora lei? Mi ha già investito ieri!».

«Non mi dite nulla, non v'avevo riconosciuto...»

Un prete, a bordo di uno scooter con un chierichetto, si avvicinò al vigile: «Sapete, signor vigile? Non ho mai preso una multa».

«Siete fortunato» disse il vigile.

«Il Signore è con me» aggiunse il sacerdote.

«E allora sono sessantadue euro di multa: non si può andare in tre su un motorino...»

I fogli delle contravvenzioni sono lunghi tre metri. Quando te li mettono sulla macchina, s'azzeccano sopra. Ho visto gente andare alla posta cu tutto 'o parabrezza.

'Na volta ero in auto cu mammà e intervenne un vigile: «Non potete parlare al telefono!».

Rispose mamma: «Non vi preoccupate, mio figlio sente solamente».

«Non sapete che dovete indossare la cintura?»

«Non credevo!»

«Di mettervi la cintura?»

«No, non credevo che avrei trovato un posto di blocco...»

Pe' truva' nu parcheggio a piazza Medaglie d'Oro a Napoli mi dovetti fare dieci giri. Aggie capito pecché si chiama così la piazza: si truove 'o parcheggio, te danno 'a medaglia.

Meglio prendere un taxi? Non credo...

Quando chiami un radiotaxi ti fanno aspettare tre ore al telefono, e nell'attesa ti mollano una canzone nelle orecchie. Una volta chiamai e misero Ramazzotti. Dopo due ore che aspettavo, dicette Ramazzotti: «Nun c' 'a faccio cchiù, se n'è scesa 'a voce, dimmi addò staje ca te vengo a piglia' io!».

Il fenomeno della microcriminalià a Napoli c'è sempre stato.

Anni fa Rudolph Giuliani, il sindaco di New York, prima di venire a Napoli chiamò Antonio Bassolino: «Tony, com'è la situazione?».

Rispose Bassolino: «Ogni tre abitanti c'è una rapina».

«Va be', allora non è tanto grave, perché su tre uno la riceve, uno la fa e l'altro è onesto.»

«No, Rudolph, non hai capito: 'o terzo è 'o palo!»

NORD CHIAMA SUD

«Tesoro, qui a Milano c'è un gran sole. Da te a Napoli scommetto che state al mare!»

«Ma qua' mare? Nientedimeno oggi fa talmente d' 'o gelo ca neanche 'a temperatura è scesa. Giustamente avrà penzato: "E addò vaco cu 'stu friddo?"...»

Siamo pieni di inquinamento

Molte città d'Italia sono piene di smog. E Napoli non fa eccezione.

Una sera mi accesi una sigaretta per strada e nu guaglione volle stringermi la mano: «Grazie, finalmente un poco d'aria buona!».

Più avanti un altro ragazzo si mise 'na pezza in testa e si lanciò sotto 'na macchina in velocità.

«Ma che fai?» urlai.

«Me sto facenno 'n'aerosol!»

L'aria era talmente inquinata che un topo cacciò la testa fuori dalla fogna ed esclamò: «Nooo!!! In questo schifo ce putite sta' solo voi...».

E chiuse la porta.

Siamo pieni di inquinamento. Qualche settimana fa è uscita una notizia sul giornale: sei fai una passeggiata per Napoli, è come se ti fumassi undici sigarette. Ormai a Napoli se ti pigli 'o cafè nun t'appicci cchiù 'na sigaretta: te faje 'na cammenata.

Figuratevi: verette a papà fermo abbascie 'o palazzo.

Dissi: «Papà, perché non cammini?».

«Sto cercanne 'e me leva' 'o vizio 'e fuma'.»
Addirittura mio zio ogni mattina arrivava a San Giorgio.
«Zio, come mai arrivi a San Giorgio?»
«Pecché je me fumo tre pacchetti 'o juorne.»
Nientedimeno 'o nonno faceve ogni matina 'a sagliuta 'e Pusilleche.
«Saje, 'o nonno se fuma 'e Marlboro, ca so' cchiù pesanti.»

Incontrai un ragazzo per strada che camminava scalzo.
«Guaglio', ma che è succieso?»
«Niente, sto fumanno senza filtro.»

Napoli è talmente inquinata ca tutti se so' organizzati. Una signora milanese a piazza Municipio alzò la testa e disse: «Ma come sono belli! Che sono, gabbiani?».
«No, signo', so' palummi cu 'e mascherine.»

E la benzina? Ormai è diventata una cosa di valore.
Mi disse la mia ragazza: «Fammi un bel regalo».
Ci pensai: non sapevo se portarla alla Esso, alla Tamoil o da Cartier.

Un pieno di gasolio costa quanto un brillantino. Il carburante è diventato ricercato e preziosissimo.
Siamo arrivati al punto che ho detto a uno che mi aveva tagliato la strada: «Sicchio 'e nafta!».
Quello m'ha guardato, ha abbassato 'o finestrino e ha risposto: «Mi lusinga, non insista...».

Prima, quando avevi i debiti, ti davi fuoco. Oggi per darti fuoco devi fare i debiti.

Si sa: il petrolio è arrivato alle stelle. Mi ritrovai a parlare col benzinaio: «Ma con questa benzina dove vogliamo arrivare?».

Mi rispose: «Se non la metti, da nessuna parte».

Self-service: scendi dalla macchina a fa' benzina. Io ho visto uno con una Mercedes scendere dalla macchina e mettere la benzina per risparmiare trenta centesimi... E comme si uno s'accatta 'a casa a Montecarlo e pe' nun pava' 'a discesa se fa 'o bagno a Mondragone.

'O prezzo alto d' 'a benzina ha messo in difficoltà pure la criminalità. Prima quando uno non pagava la tangente i delinquenti subito gli incendiavano 'o negozio. Mò con questi prezzi a cui è arrivata 'a benzina ci pensano due volte. Dice il malvivente: «Ccà 'o negozio è gruosso, ma ce conviene di incendiarlo? Tanto vale, a questo punto, ca ce mettimmo 'a differenza, accussì c' 'o accattamme. Tante nuje nun amma pava' manco 'a tangente...».

Da tempo si parla di macchine elettriche. La gente, però, non ne conosce bene il funzionamento. Ha detto un signore: «Ma che significa "macchina elettrica"? Si me ferma 'a polizia, c'aggia fa' vere' 'o libretto o l'ultima bolletta?».

Un pendolare che con la macchina faceva parecchi chilometri ha osservato: «No, può essere pericoloso... Chella 'a machina è elettrica, e io faccio tanti chilometri... E se poi mentre sto camminando scatta 'o cuntatore?».

Obiettivamente, ma che ne deve capire mio nonno di macchine elettriche, visto che cammina ancora con la macchina con l'impianto a gas?

Mia sorella piccola quando aprì il bagagliaio della sua auto trovò una bombola e disse: «Ma che è, nonno, mò te si' miso 'a vendere pure 'e spighe?».

Oggi per ottenere energia si utilizzano varie fonti: il sole, il vento, i rifiuti, addirittura gli escrementi animali e umani.

Mio nonno quando ha saputo 'sta cosa, 'o juorno 'e Natale, s'è chiuso in bagno e ci è rimasto tre ore. Quando è uscito, con una mano sulla pancia, ha proclamato: «Guagliu', tutto a posto: aggie cacciato nu neon!».

Ci ha provato anche mia nipote, ma essendo piccola, il massimo che ha prodotto è stata 'na batteria p' 'o cellulare.

SUD CHIAMA NORD

«Pasca', ma tu ca tieni 'a malatia d' 'o presepe, l'hê fatte pure llà a Milano?»

«Sì, però m'aggie avuto limita' 'ngoppe 'e pasturi...»

«E pecché?»

«Costano troppo assaje.»

«E quante po' custa' nu pastore? Dieci, massimo vint'euro...»

«No: cinquant'euro.»

«Cinquant'euro?! E che da' a magna' pure 'e pecure?!»

Voglia di gelato

In estate il Nord e il Sud sono uniti dalla voglia di gelato.

Hanno fatto 'o Calippo a Coca-Cola, ca quanno 'o cacci pare nu capitone cu 'o friddo 'nguolle.

Poi hanno fatto il Magnum al peperoncino. Ma è possibile? Nu gelato cu 'o cerasiello!
Entrai in un bar e ordinai: «Un Magnum a cerasiello».
Rispose il barista: «Mi dispiace, è rimasto solo nu Cucciolone aglio e olio».

Hanno fatto anche il Magnum Gola. Me lo comprai e comme ascette d' 'o bar mi cadde a terra. Mò aggie capite pecché se chiamma Magnum Gola: pecché m'è rimasto 'nganne.

E il Croccantino? Sopra non c'ha le nocelle, ma i sassolini! Mio padre ce lo comprava e le nocelle ce le dava a magna' cu 'a fionda.

E vi ricordate il Piedone? Un gelato a forma di piede di colore rosa. Lo fecero così verosimile, ca 'na vota ce truvaje 'na cosa tosta sopra.

«Ma che cos'è, 'n'amarena?» chiesi al gelataio.
«No» mi rispose. «È spuntato nu callo.»

E l'intramontabile Coppa del Nonno? Ne assaggiai una: era stantia.
Protestai: «'Sto gelato è vecchio!».
«Ma come? Chella è 'a Coppa del Nonno!»
«E se vede ca l'ha vinciuta quand'era guaglione.»

E 'o Cookie Snack? Ma che è, 'na marenna? Se ci metti sopra quattro uova, pare nu casatiello.

Per non parlare dei gelati artigianali. Prima esistevano solo a crema e cioccolata, mò li fanno di tutti i gusti. Sono arrivati a fare il gusto puffo. Ne ho mangiato un chilo, sono andato in bagno e ho cacciato Gargamella!

C'e addirittura quello a pasta e fagioli. Ne presi uno e mi fecero lo scontrino da due euro e cinquanta.
Protestai: «Ma non costava due euro? Io sopra non ci ho fatto mettere 'a panna!».
«Eh, però ci abbiamo messo le cotiche!»

E vi ricordate la pubblicità del Maxibon? "Due Maxibon is meglio che one." E grazie!

In uno spot si vede una bambina che citofona e dice: «C'è Gigi?».
«No.»
«E la Cremeria?»
«Nenne', sta dietro al vicolo, a duecento metri. E ritirati, che tuo padre sta come un pazzo.»

E i Polaretti? «Pola pola pola polaretti!» I ghiaccioli che si mettono in frigo.

Fin quando sono rosa, ok: è fragola.

Fin quando sono gialli, ok: è limone.

Ma verde smeraldo? Che ci sta dentro, 'o sudore 'e Shrek?

Un tempo c'era il gelato più romantico del mondo, che te lo compravi sempre quando stavi con la tua ragazza: il famosissimo Cornetto Algida Cuore di panna. Entrai in un bar con la mia ragazza, che era bruttissima, e dissi al barista: «Scusi, mi dà un Cuore di panna?».

'O barista guardaje 'a guagliona mia e disse: «Frate', per te nun ce vo' un cuore di panna, ce vo' nu stommaco 'e fierro».

NORD CHIAMA SUD

«Papà, io domani torno da Milano, avimma festeggia'! Hai pigliato l'*escargot*?»

«No, aggie pigliato 'o pullman 'a Ferrovia...»

L'Italia unita

Nel 2011 abbiamo festeggiato i centocinquant'anni dell'Unità d'Italia, e a casa mia per celebrare l'avvenimento mammà ha preparato i broccoli baresi, la cassata siciliana, la polenta milanese, la pizza napoletana e i tortellini bolognesi.

Quando a nu certo punto mammà ha portato a tavola 'o kebab, 'a sotto 'o tavulo è uscito Borghezio: «Questo non lo voglio, è un immigrato!».

Garibaldi nacque a Nizza – che all'epoca faceva parte del Regno di Sardegna – e fece tanto per l'Unità d'Italia. Per ringraziarlo, diedero Nizza alla Francia.

È come se Bossi, che è nato a Varese, riuscisse a dividere l'Italia, e in segno di ringraziamento Varese fosse annessa alla Sicilia.

Per festeggiare l'Unità d'Italia, su molti balconi sono stati esposti striscioni e bandiere.

Mio nonno, che è un poco ignorante, mentre passeggiava con la nonna disse: «Hai visto, Mari', era colpa di Lippi! Prandelli non sta neanche da tre mesi ad allenare l'Italia e già ha vinto 'o Mondiale!».

Il sentimento di Unità nazionale accomuna quasi tutti gli italiani.

Un giornalista intervistò un politico della Lega: «Lo sa che stiamo festeggiando l'Unità? Oggi ha compiuto centocinquant'anni».

«E che me ne frega dell'"Unità"? Io leggo solo la "Gazzetta dello Sport".»

Una cosa che unisce l'Italia sono i cantieri della metropolitana. Si aprono e restano aperti per anni.

Mentre al Centro e al Nord in genere gli abitanti si abituano facilmente a convivere con queste aree cittadine sottoposte a lavori, al Sud tutto viene visto con una straordinaria ironia.

A Napoli un anziano si avvicinò a un capomastro: «Scusate, sono trent'anni che scavate, scavate, scavate. Ma questa metropolitana la state facendo o 'a state cercanne?».

Un problema che divide e non unisce l'Italia è la disoccupazione, che è molto più alta al Sud che al Nord.

Ma 'o napoletano è geniale. S'arrangia, inventa. Se non ha un lavoro propone a un amico: «Ci potremmo aprire un bel locale con altre tre o quattro persone...».

«Eh, ma poi diventiamo troppi, che ci dividiamo?»

«Il posto che ho trovato è importante! Pure Gennaro ci ha fatto i soldi!»

«E come?»

«Ha aperto nu negozio 'e fazzolettini.»

«Ma perché, con i fazzolettini s'abbuscano 'e soldi?»

«E allora non hai capito: il posto è davvero importante. Sta di fronte al Muro del Pianto.»

A proposito di lavoro, un sogno di mia madre era di vedermi impiegato nei vigili, come mio padre.

Mio padre faticava sempre. Era un vero e proprio vigile indefesso.

Una volta scoppiò un incendio nel nostro appartamento. Mi disse mammà: «Nun te preoccupa', è tuo padre che sta un poco arretrato e s'è purtato 'a fatica a casa».

Un giorno si smarrì il cane della signora affianco e mio padre si mise alla sua ricerca. Dopo un'ora lo chiamai sul cellulare: «Papà, l'hai trovato?».

«Sì, tutto a posto.»

«La signora è qui accanto a me e vuole essere rassicurata. Vai con la descrizione.»

«Chihuahua albino...»

«In che senso, papà?»

«Tutto bianco, con pelo irto e la coda rigida.»

«Papà, posalo! Nun è 'o cane, è nu scupettino p' 'o cesso!»

Secondo me l'attenzione della Nazione va focalizzata non solo sui problemi napoletani, che ben si conoscono e che derivano da un'Italia in difficoltà, ma su questioni sociali che riguardano tutto il Paese, come il lavoro e le pensioni.

Le pensioni sono troppo basse, e anche i ladri, quelli che agiscono fuori gli uffici postali, si lamentano.

Ne sentii uno che parlava con il suo collega Peppe *'o scippo*: «Oi Pe', ma a me non mi conviene fare questo mestiere! Tutte le mattine vengo da Casandrino e sono i primi venti euro di benzina. Poi nu cafè te lo devi pigliare? Vai fuori alla Posta e il vecchio non è che subito ti dà i soldi: per far vedere che è ancora giovane, inizia una colluttazione, e dint' 'a colluttazione me straccia 'o giubbino e 'a cammisa. Oi Pe', io vesto! A me nu giubbino e 'na cammisa mi vengono a fa' centocinquanta euro! Po' miettece pure 'na magnata e 'na sigaretta, e in tutto mi viene a fare trecento euro. 'Na pensione è duecentocinquanta euro: a me nun me conviene cchiù. 'O voglio fa' pure, ma nun ce posso refondere! Allora se volete che continuo a prestare i miei servizi, come minimo devono salire le pensioni a trecentocinquanta euro, o lo Stato mi deve dare nu rimborso spese...».

L'Italia è purtroppo unita anche nei pregiudizi.

«Non siamo tutti così»: questa è una frase che spesso ripetono sia i settentrionali sia i meridionali per difendersi dai luoghi comuni.

Non bisogna generalizzare.

Ad esempio, si dice che quelli del Nord non siano "carnali". Oppure che i napoletani a certe cose non ci facciano caso.

Una mattina dovevo andare al lavoro e un amico mi venne a pigliare a casa con la macchina.

Durante il tragitto, si fermò a un distributore: «Aggia mettere 'a benzina».

Guardò il benzinaio e disse: «Venti euro».

Quello mise il carburante e aspettava di essere pagato, ma non succedeva niente.

Per velocizzare, misi mano al portafogli e pagai io.

Il secondo giorno mi chiamò al citofono: «Andiamo di nuovo insieme?».

«E jamme insieme...»

Scesi, entrai in macchina e viaggiando parlammo del più e del meno.

Tutto normale.

A un certo punto lui mise la freccia e io dissi: «Peppi', ma che staje facenne?».

«Niente, aggia mettere 'a benzina.»

«Ah...»

Si accostò alla pompa e disse al benzinaio: «Trenta euro».

Pure 'sta volta vidi che non pigliava l'iniziativa. Per rompere l'imbarazzo, pensai: «Mò pago io pure oggi».

E pagai.

'O terzo giorno si verificò 'a stessa cosa.

'O quarto juorno me venette nu dubbio: "Ma chisto è vero ca mette a disposizione 'a machina, però nun aggie capito si 'stu fatto d' 'a benzina 'o fa volontariamente".

Allora sapete che feci? Lasciai il portafogli a casa.

Puntualmente, guarda caso, lui mise 'a freccia ed entrò in un distributore.

Appena vidi avvicinarsi a chillo cu 'a pompa mmano, dissi tra me e me: "Mò è 'o mumento". E mi rivolsi a lui: «Siente, Peppi', te voglio mettere a conoscenza d' 'o fatto ca me so' scurdato 'o portafogli a casa».

Rispunnette isso: «E qual è 'o problema? Mò turnamme 'n'attimo indietro e 'o jammo a piglia'!».

SUD CHIAMA NORD

«Rafe', mò ca staje a Milano saje quante modelle e gente famosa ca acchiappi!»

«Ma qua' modelle? Sott' 'a stazione acchiappaje a nu barbone che mi disse: "Ho due giorni di vita, mi dai un euro?".»

«E tu che facesti?»

«Gli diedi l'euro. Poi l'ho acchiappato dopo venti giorni e m'ha detto: "Mi dai due euro? Ho due giorni di vita...". E io: "Ma tu nun aviva muri' vinte juorne fa?". Sai che m'ha risposto? "Eh, non si finisce mai di soffrire!"»

Quando un napoletano va al Nord, deve dimostrare due volte

Ci sono molti pregiudizi nei confronti dei napoletani. Finché sei a Napoli, dici: «Ma di quelli del Nord che m'importa?». Se invece al Nord ci devi restare, nascono i problemi.

Non solo ti devi sradicare dal tuo ambiente, ma anche adattarti a un nuovo stile di vita.

L'emigrazione di un tempo era diversa: la gente partiva con la valigia di cartone, senza un soldo in tasca, senza istruzione. Si diceva: «Vado a fare fortuna!». E la prima fortuna da augurarsi era che non venisse a piovere, accussì 'a valigia non si sfondava.

Oggi vedi questi ragazzi laureati, preparati, in gamba, che non partono più con il cartone, ma con il pezzo di carta.

Sono gli "emigranti pop".

Immaginatevi i pregiudizi: i napoletani fanno tardi, sono scansafatiche, non sono affidabili...

Prendiamo un ragazzo napoletano che deve andare in ufficio a Milano alle nove e si sveglia alle sei: «Nun se po' mai sape'...».

Scende, trova traffico e arriva tardi.

Il capufficio lo redarguisce: «Ecco qua, il solito meridionale!».

Dopo aver incassato il primo rimprovero, il ragazzo si mette a lavorare. Per una coincidenza, un collega che sta bevendo un caffè gli dice: «Mi tieni un attimo la tazzina? Devo correre in bagno».

Proprio in quel momento chi ripassa? 'O capufficio. Che vedendolo con la tazzina in mano gli dice: «Ragazzo, siamo partiti col piede sbagliato...».

E il ragazzo pensa: "Altro che piede, qua si dovrebbe partire cu 'na capata!".

La verità sapete qual è?

Se uno lavora troppo, i colleghi lo definiscono lecchino.

Se lavora poco, è "il solito del Sud che non vuole fare niente".

Ma allora: ch'avimma fa'?!

La cosa che più mi lascia perplesso, quando mi capita di svolgere bene un lavoro, è di sentirmi dire: «Non si direbbe che sei napoletano».

Ti mostri riservato e riflessivo?

«Non si direbbe che sei napoletano.»

Arrivi in anticipo a un appuntamento?

«Non si direbbe che sei napoletano.»

Alcune volte questa frase viene pronunciata in buona fede, simpaticamente. E ci può anche stare.

In altre occasioni viene detta con malizia, come se si volesse attribuire alla parola "napoletano" significati solo negativi.

Ecco perché, per avere successo, il napoletano al Nord deve dimostrare due volte. E solo dopo questo percorso scatta la "marcia in più".

NORD CHIAMA SUD

«Mammà, ho fatto il colloquio di lavoro!»

«Bravo! Io e papà ci teniamo a sapere com'è andato. Per farti studiare al Nord abbiamo fatto tanti sacrifici. Dicci la verità...»

«Vuoi proprio la verità?»

«Sì.»

«M'hanno chiesto dove si trova il quarzo.»

«E tu che hai risposto?»

«Tra il terzo e il quirzo!»

La vertigine del mondo

Napoli è l'impossibile. È un cerchio quadrato, un pozzo senza profondità, un mare lungo e alto che dà la mano al cielo ma non riesce a salire su in paradiso.

Sulle pareti di Napoli ci sono le rughe di una città antica che è stata oltraggiata e benedetta, studiata e mai capita, perché tutte le opere d'arte hanno bisogno di essere interpretate. Forse proprio per questo diventano capolavori.

Napoli è il capovolgimento dei luoghi comuni. È la vertigine del mondo.

Quando cammini nella mia città, non riesci a essere obiettivo nel dare un giudizio su quello che i tuoi occhi stupiti stanno guardando. Sono confusi dalle immagini che entrano nel cuore, rimbalzano dall'anima e poi... ritornano alla mente.

Napoli è l'amarezza squarciata da un sorriso che appare sul viso di un bambino come un arcobaleno dopo una pioggia di lacrime.

Alessandro Siani

PICCOLO DIZIONARIO ITALIANO-MILANESE-NAPOLETANO

alcoolizzato = *cartasüga* = **mbriacone**
allegro = *aleghèr* = **pariante**
arancia = *narans* = **'o purtuallo**
baciare = *basa'* = **ammucca'**
becchino = *becamòrt* = **schiattamuorto**
bestemmia = *saraca* = **jastemma**
bordello = *burdèll* = **'na tarantella**
calvo = *crapa pelada* = **'o ginocchio**
casa = *cà* = **quatte mure**
chiappe = *ciapp* = **pacche**
cognato = *cugnàa* = **cainato**
commendatore = *cùmenda* = **'o masto**
contadino = *villàn* = **campagnuolo**
denaro, soldi = *danèe* = **'e patane**
disgraziato = *disgrasiàa* = **nu pover'ommo**
dottore = *dutùr* = **'o miereco**
dove = *due* = **addò**
estate = *estàa* = **'a staggione**
figuraccia = *bèrla* = **n'hê azzeccata 'n'ata**
fregatura = *pack* = **mbrusatura**
giovanotto = *giuinott* = **guaglione**
giù = *giò* = **abbascio**

grembiule = *scussà* = **mantesino**
ignorante = *gnùrant* = **capa 'e ciuccio**
imbrattare = *impiastra'* = **'nguacchiare**
incapace = *ciùla* = **miezu scemo**
imbranato = *pistola* = **pruvulone**
ladro = *lader* = **'o mariuolo**
lavorare = *laura'* = **fatica'**
lui = *lü* = **isso**
Madonnina = *Madunìna* = **'a Marunnella**
maldestro = *ciaparàtt* = **'nzallanuto**
matita = *lapis* = **'o laps**
mescolare = *mesna'* = **ammisca'**
moglie = *miée* = **'a mugliera**
monello = *balòss* = **scugnizzo**
occhiali = *ugiaj* = **'e llente**
occhialuto = *quattröcc* = **'o spicchiato**
ora = *adèss* = **mò**
orologio = *orelogg* = **'o rilorgio**
pappamolle = *pastina* = **uallaruso**
peperone = *peverùn* = **puparuolo**
pesca = *persigh* = **perzeca**
piagnucolone = *frigna* = **chiagnazzaro**
piccolo = *piscinìn* = **piccerillo**
pomodori = *tumates* = **pummarole**
porcello, maiale = *purscèll* = **puorco**
portasfortuna = *menagram* = **'na seccia**
prezzemolo = *erburìn* = **petrusino**
prigione = *capunèra* = **Poggioreale!**
sbruffone = *baùscia* = **sparapose**
scivolata = *scarligada* = **sciuliata**
stupido = *pirla* = **friariello**
tonto = *testina* = **chiocchiò**
topolino = *murigiö* = **'o sorice**
tovaglia = *tuaja* = **'o mesale**

uomo di bassa statura = *omett* = **miez'ommo**
uomo nero = *babau* = **'o mammone**
vanesio = *fighetta* = **'o brillante**
vigile urbano = *ghisa* = **nuje 'o vigile nun 'o chiammamme**
zitella = *maréla* = **bizzoca**
zoticone = *zurùch* = **zuozo**

INTRADUCIBILI IN NAPOLETANO

pietanza a base di verze e varie parti del maiale = *cassoeula*
panettone = *panetùn*
polenta = *pulenta*
risotto = *risòtt*
terrone, meridionale = *terùn*

Arnoldo Mondadori Editore S.p.A.

Questo volume è stato stampato
presso Mondadori Printing S.p.A.
Stabilimento Nuova Stampa Mondadori - Cles (TN)

Stampato in Italia - Printed in Italy